大胆点儿,草食男

［日］渡边淳一 著　侯为 译

图书在版编目（CIP）数据

大胆点儿，草食男 /（日）渡边淳一著；侯为译.—青岛：青岛出版社，2023.1
 ISBN 978-7-5552-3980-2

Ⅰ. ①大… Ⅱ. ①渡… ②侯… Ⅲ. ①随笔—作品集—日本—现代 Ⅳ. ① I313.65

中国版本图书馆 CIP 数据核字（2022）第 031612 号

あとの祭り 死なない病気 by 渡辺淳一
Copyright ©2011 by 渡辺淳一
Simplified Chinese edition copyright ©2022 by Qingdao Publishing House Co., Ltd.
This edition arranged through OH INTERNATIONAL CO., LTD.
All rights reserved.
简体中文版通过渡边淳一继承人经由 OH INTERNATIONAL 株式会社授权出版

山东省版权局著作权合同登记号 图字：15-2017-237 号

	DADAN DIANR, CAOSHINAN
书　　名	大胆点儿，草食男
著　　者	［日］渡边淳一
译　　者	侯 为
出版发行	青岛出版社（青岛市崂山区海尔路 182 号，266061）
本社网址	http://www.qdpub.com
邮购电话	0532-68068091
策　　划	刘 咏　杨成舜
责任编辑	杨松霖
封面设计	光合时代
照　　排	青岛新华出版照排有限公司
印　　刷	青岛新华印刷有限公司
出版日期	2023 年 1 月第 1 版　2023 年 1 月第 1 次印刷
开　　本	32 开（890 mm × 1240 mm）
印　　张	6.25
字　　数	98 千字
书　　号	ISBN 978-7-5552-3980-2
定　　价	35.00 元

编校印装质量、盗版监督服务电话　4006532017　0532-68068050
本书建议陈列类别：日本　畅销　随笔

目 录

"死不了"也是病 / 1

听到喜讯的时候 / 6

你是东京系还是大阪系？ / 11

谈谈强制堕胎罪 / 16

藏而不露为至美 / 21

终于达到发达国家水平了 / 26

男性主导的政界 / 31

现在想对母亲说 / 36

一次胜诉 / 41

可悲的米其林狂欢 / 46

二十岁的名人 / 51

结婚划算吗 / 56

服丧免贺年明信片 / 61

莫入愚问的圈套 / 66

恭贺新年 / 71

从一则短消息谈起 / 77

我是谁 / 82

雪的回忆 / 87

春天快来吧 / 92

关于离婚 / 97

男女同班好吗？ / 102

不必报道东大录取生 / 107

寒冷的轻井泽 / 112

门外汉的经济论（一）/ 117

门外汉的经济论（二）/ 122

参演《欢迎前辈》侧记（一）/ 127

参演《欢迎前辈》侧记（二）/ 132

还需要参议院吗？ / 137

修建宅民村 / 142

死刑犯捐献器官 / 147

几家欢喜几家愁 / 152

真的是草食系吗？ / 157

大胆点儿，草食男 / 161

即将消失的"媳妇" / 166

由肩痛引发的思考 / 171

红叶和黄叶 / 176

男人的嫉妒心 / 181

革新从男女关系开始 / 186

后记 / 191

"死不了"也是病

我有时会听人意外地说出无比幽默或机智的话语,让我惊叹不已。

时间就在前几天我去参加婚宴的时候,虽说是偶然听到,却令我忍俊不禁。

席间我恰巧与濑户内寂听①先生相邻而坐。

我与先生早已熟识,但很久没有如此近距离相见了。在互致问候之后,我说了句:"您很精神啊!"

先生听后立刻回答说:"渡边先生,我有病哦!"

"啊?"

说实在话,我当时大吃一惊。

---

① 濑户内寂听,1992年生,日本女小说家,晚年出家为尼,法号"寂听"。

先生如此健朗的身板哪里会有病呢？

我很担心，禁不住问了一句："您哪里不舒服吗？"

这时，先生轻轻点头爽利地答道："我吧，好像得了'死不了'这种病哦！"

我顿时哑然无语。

这是真心话，还是开玩笑？

当然，因为根本没有这种病，所以先生肯定是在开玩笑。

惊疑之余，一种滑稽感终于从心底油然而生。可是，先生却表情认真地继续诉说："我今年都八十八啦，可身体却什么毛病都没有！"

先生都这么大年纪了吗？我重新端详先生的面孔，虽然皱纹不少，但气色相当不错，皮肤也很光润。

于是，我使劲地点头答道："也许真是'死不了'这种病呢！"

"对吧？"先生颇为得意地笑了。

令我惊讶的还不止这些。

这场盛大豪华的婚宴有近千人出席，当新郎新娘暂时退场去换装时，宾客们忽然活跃起来，现场变得热闹非常。

我们身边也围了很多人，大家相互问候，其中有位稍稍年长的女士就站在先生的侧面。

看样子她是先生的老相识，特别亲切地与先生攀谈，而先生也十分爽朗地与她应和，两人谈笑风生。

欢谈一阵之后，那位女士就离开了先生。于是，我不动声色地向先生打听："刚才那位，是谁呀？"

这时，先生淡淡地回答说："我不认识啊！"

"不认识？"

"这是常有的事儿嘛！"

这事以前是否常有暂且不论，先生刚才还像老熟人似的谈得那么亲热，可一转眼却说不认识！

哦，我写的这些要是被那位女士看到就麻烦了。

不过，当天跟先生交谈的人还有不少，所以我觉得不会被发现。

总之，像那种不明来历的陌生人来搭话，先生都能利落地应对。

或许这也是"死不了"这种病的症状之一。

如此说来，我最近也曾受到类似症状的困扰。

就在前几天，我在某宾馆酒吧里遇到一位年长男士。他向我打招呼，我却不知道他是谁，但他仍然热情地说这说那，我也兴致勃勃地应对。可是,我怎么都想不起他是谁。

结果,我们交谈了两三分钟,并在不知对方是谁的情况下说"再见"告别。说不定,我也开始患上"死不了"这种病了。

机智的话语其实绝大多数出自女作家。

虽然男作家有时也会冒出很奇葩的言辞,但总体来讲都过于理性和装腔作势。

与之相比,女作家的表达则较为自然和真实。

其中令我难以忘怀的是宇野千代女士说过的话。

宇野女士也相当长寿,在1996年以98岁高寿辞世。她的作品中有《阿伴》《色忏悔》《活下去的我》等优秀小说。而且,她与尾崎士郎、东乡青儿、梶井基次郎、北原武夫等多名艺术家恋爱结婚的经历也都成为当时的热门话题。

宇野女士健在时,我也曾与她见过一面并做过访谈。她虽已年过九十却姿色犹存。

这位宇野女士有句著名的话:

"我这人怎么回事儿?一不留神又跟别的男人睡了!"

我听到她这种说法时惊诧不已。

我不知该说她这样讲很巧妙还是很风趣。这种事居然也被她说得如此轻松淡然,人们都愿意接近她也就不足为怪。既然如此,东乡青儿、北原武夫等当时的花花公子围着她转也是自然而然了。

尽管如此,这都是因为此话出自女作家,所以才显得特别有派头。如果是男作家,说出这话会怎样呢?

"我这人怎么回事儿?一不留神又跟别的女人睡了!"

男人这样说只能使周围人感到扫兴。

总而言之,男人的弱点就是越清醒越没派头。

如果男人上了年纪健忘症严重,也许反倒不至于太差。

不,男人到了那个年纪,女人都不会愿意接近,所以这也许只能是一种梦想而已。

听到喜讯的时候

前几天,我偶然跟某位总经理一起喝酒。其间,他针对自己公司的某个职员发起了牢骚。

"他一点儿都不讨人喜欢!"

因为我也熟悉那位男子,所以饶有兴趣地了解了一下。

据总经理讲,那天他决定将该职员(假定名叫A君)提拔为董事。他把A君叫到总经理室,并传达了这个决定。

总经理说,他原想A君听到这个喜讯理当兴高采烈。

可是,那位A君却表情冷静地只是点点头说"是吗?"

"因为我提拔他当董事了嘛!所以他当然应该高兴得跳起来并向我道谢吧?"

会不会跳起来暂且不论,但至少应该笑容满面地表示高兴吧?正因为总经理满心期待,所以只听到"是吗?"当然十分扫兴或者说大失所望。

"真不像话……"

总经理似乎怨气未消,因此我就想帮A君说说话。

"A君当然也会很高兴啦!不过,他只是觉得在那种场合欢呼雀跃显得太幼稚,所以只是稳重地点点头而已。"

实际上A君已经55岁,确实是一位沉稳的骨干型男职员。

正因如此,他才会在应该兴高采烈时不喜形于色吧?

不过,总经理似乎还是想不通。

"如果他握住我的手说句'我太高兴了'倒还算有点儿可爱之处。但是,他态度那么冷淡,就让我觉得提拔他当董事太不值了。"

"怎么会呢?他一定能做出好成绩,绝对没问题!"

虽然我使劲为A君辩护,但总经理似乎依然耿耿于怀。

第二天,我索性给A君打了个电话。

"听说你当董事了,恭喜!"

可能因为太突然,他好像感到很意外。

"啊？你怎么知道的？"

于是,我把昨晚偶遇总经理时听到的话告诉了A君。他好像这才完全相信。

"总经理那样说了吗？"

"他对你十分期待哦！"

"啊——谢谢你！今后我还会继续努力！"

"这确实是件好事儿啊！"

"嗯！真是托了总经理的福！"

什么、什么？这跟总经理的说法不太一样嘛！

他不仅没有不高兴,还感恩戴德地说托总经理的福呢！

这时,我干脆挑明了说:"总经理觉得你反应冷淡,所以有点儿不满意呢！"

"怎么会呢？我还郑重其事地说'请多关照'了呢。"

"不是那样。在总经理传达提拔你为董事时,你应该喜出望外地握住他的手说'万分感谢'嘛！"

"可是,那样的话我说不出口……"

按A君的性格来讲,他确实很难做出那种夸张的反应,会觉得特别难为情。

"我以为总经理已经明白我的心意了呢！"

"虽然你这样想,但实际上未必如此哦!"

我觉得有点儿滑稽,不禁苦笑了一下。

那位总经理与A君之间的误解,或许可以说就是感觉上的差异、感性的差异。

在听到令人高兴的喜讯时,就应该立刻以整个身体来表示"我太高兴了"的喜悦之情。

不过,另外却有人认为,即使心里非常高兴并急于庆祝,但如果表现太夸张就会显得很没品位。所以,他们不会过度直白地表达情感,而是暂时将感激之情藏在心里,表面只是静静地点头致意。

双方各具其理,说来也确实如此。

不过,问题是这两种表达方式遇到现实就会产生错位。

虽然很难说清哪一方正确、哪一方错误,但这种差异往往会引起双方误解。

原因何在?此处能想到的就是双方出身地的问题。

我在事后细想,总经理出身大阪。在现实当中,大阪人在被提拔为董事时,也许真的会立刻笑容满面地说"我太高兴了",并紧紧握住总经理的手致谢。

然而,不知是幸运还是不幸,那A君却是个东京人。

通常来讲,东京人在这种时候当然不会那样明确直白地表达。他们无论怎样高兴都会暂时控制情绪,首先静静地点头致意,然后轻轻说声"谢谢"。

或许A君确实过度控制喜悦之情了,但作为东京人这却并非违和之举,反而可以说是恰如其分的反应吧。

如此看来,问题并非人好人坏,而是出身地不同。

大阪与东京的出身差异,就是这二位之间产生违和感的原因。

那么,到底应该怎样做才好呢?这才是主要问题。不过我还是在下篇文章里再进一步阐述吧!

你是东京系还是大阪系?

在上回文章中,我谈了东京人与大阪人在表达方式和态度方面的差异。后来,我继续深入思考这个问题,又发现了很多有趣的现象。

我的事务所里有两位女性雇员。其中一位是M君,是地道的大阪出身。另一位是I君,出身名古屋附近的岐阜县。

因此,仅仅观察她们对话语的反应和行为方式就感到特别有趣。

首先,大阪出身的M君做任何事都干脆利落,与初次见面的人也能很快拉近距离并爽快地交谈。

事务所就发挥她这种特长,请她担任对外交流和业务洽谈的工作。她也确实做得相当出色。

据她所讲,她在上小学时只要老师问"谁来回答这个问题?"她不管会不会都要举手。

我问她:"如果老师真的点你名怎么办?"她说:"因为大家都举手,所以老师点我名的概率很低。"原来如此——这么说来或许确实这样,我倒也能理解。

她还说,当然也有一次真的不会却被老师点了名。

她当时就回答说"这个……我忘了"。原来如此,这样回答老师也许确实拿她没办法。

这位M君的另一个有趣特点就是在购物时必先砍价。

那是在两年以前,我偶然跟她一起去银座M商厦的男装柜台。

当时,我看到一款合适的西装,但十四万日元的价格却有些贵。

就在我犹豫不决时,她说:"我去砍砍价,叫他便宜点儿吧。"难道在商厦购物也能砍价?虽然我已决定放弃,可M君却立刻开始与店员交涉。

此次交涉未能达到预期目标,M君就对我说"走吧"。她打算先去其他柜台看看,然后返回刚才的柜台再作交涉。

我觉得成功的可能性不大,并且很难为情,于是说"算了吧"。可她还是再次去那个柜台与主管模样的人进行交涉,最终竟然使对方降价四万日元!

经过M君再次努力,我以十万日元买到了西装,并由此而对M君刮目相看——居然连商厦都会为她降价!

各位也去试试如何?

不仅是M君,大阪人购物都会先问价,然后砍价。不过,大阪人并非唯利是图或小气吝啬,而是有话直说,并在此基础上讲求友好相处、和气生财。

现如今中国的影响力遍布世界各地,我觉得在日本能面对中国人不落下风的也许只有大阪人了。

实际中,在去中国购物时M君也能毫不含糊地砍价。

大阪人不仅在各方面特别精明强干,而且在交谈时必定要以逗乐收尾,或者说抖个包袱。

曾听某位大阪人讲起一件趣事:以前,土井多贺子当社会党委员长时,有一次在街头演讲中对着很多听众高喊:"一定要改变这个国家!"

这时,有个听众高喊:"你也要改变!"

人群中顿时响起了笑声。紧接着,另一个听众对刚才起哄的男子高喊:"你也要改变!"

人群中再次响起爆笑声。

这件趣事确实富于大阪式的幽默感。而且可以明确地讲,在东京绝对不会发生这种起哄的情况。

与开朗快乐的大阪人相比,东京人就显得沉稳且感情不外露。

他们认为,不管怎样高兴和愉快,在众人面前都要暂时控制情绪,这是礼貌。

可能因为大阪是由商人构建的城市,而东京则是由为"参勤交代"来江户的地方武士建设而成。正因如此,东京人大都是"武士饿肚叼牙签"般硬撑门面。在东京的平民区自不必说,在山手富人区也常见这样的人。

这方面较为突出的特点就是谦虚。在东京招待客人时会说"没什么好吃的,请用吧",而在大阪则会说"这个特别好吃,你一定要尝尝"。

这其实也属于文化差异,不可妄断孰优孰劣。

不过,在诸多面积狭小的国家中,像日本这样存在较大文化语言差异的国家着实非常少见。

当然,大阪文化顶多只限于关西圈。如果再向西去了冈山和广岛,情况又会有所不同,而四国和九州也是独具个性。

东京文化圈还包括东日本的很多地域。本事务所的I君虽然出身名古屋附近,但却属于东京系。

因此,她对喜悦心情的表达也是沉稳而冷静。

毕竟东京从明治时代以后成为日本的首都,所以东京文化也因此渗透到了名古屋以东乃至北日本。但是,我觉得稍显不同的还有北海道。

这里是我的出生地,因为不具有根深蒂固的文化传统,所以天性较为自由豁达。我觉得这也许与大阪人的性格相近。

不管怎样讲,了解各地语言行为方式的差异,对在全日本生活很有必要。

谈谈强制堕胎罪

在今早（2010年6月）的晨报社会版上，出现了关于"以强制堕胎罪起诉某医师"的报道。

正像各大报纸及电视台报道的那样，该案的嫌疑犯、东京慈惠会医科大学的医师小林达之助受到起诉。

说起来"强制堕胎罪"是个陌生的罪名。

此案也引起主播记者们的极大关注，他们以各种形式进行了述评。不过，最受困扰的或许还是东京慈惠会医科大学。

我所认识的该大学出身的医师也因此而非常沮丧。根据此前的报道，很多人都以为被告小林就是该大学出身。

然而，实际上小林毕业于东海大学医学部，后来作为外聘医师在慈惠会医大附院工作。

如此这般,医师在获取资格证之后,就可以在毕业大学以外的医大附院里工作了。

小林被告正巧是在慈惠会医大附院工作时惹出此案,可他并非毕业于慈惠会医大。报纸报道对这方面的情况未做详细介绍,但这一点万万不可疏忽。

那么,根据起诉书所写,起诉理由如下:

首先,被告小林已知与其交往的女性怀孕,于是图谋不经本人同意致使其流产。在去年1月的9日到11日,他在该女性家中等处将宫缩剂谎称"维生素"让其服用。他还在12日下午,谎称"补充水分和营养"给该女性点滴注射宫缩剂,致使其在厕所里流产。

当时,该女子怀孕已到第六周。被告小林承认了犯罪事实,并表示"十分抱歉"。

以上即为起诉理由。但事实确实如此吗?

我不是搞法律专业的,所以对即将审判的此案谈看法或许有些多余。不过,我还是认为这种起诉理由令人费解。

这是因为,受害者是一位三十多岁的现役护师。她本人就在医疗现场工作,应该说相关经验非常丰富。就算当医师的男友真的告诉过她"这是维生素",难道她也会轻易服用吗?

另外,据说该医师还以"应该补充些营养"为由建议她打点滴,难道她也会顺从地接受吗?

片剂药物暂且不论,打点滴需要患者长时间卧床,让药液注入自己的静脉血管。

任何人在此时应该都会担心输液药物并予以询问和确认吧?特别是那位当事人,她可是一名在医疗现场工作了近十年的现役护师!

打点滴输入的是什么药物?在输液过程中有什么样的感觉?身体有什么反应?她肯定会自主敏锐地观察。

据某周刊报道,"被告小林在让该护师口服子宫收缩剂后发现药效不明显,又坚决地施用了作用更强的静脉输液"。难道真会有这种不假思索、唯命是从的护师吗?

换个角度来看,这种报道未必不可理解为对第一线护师的轻蔑。

那么,为什么存在发生这种情况的可能性呢?而且,为什么会发生这种事件呢?

以下只是我的推测:服用子宫收缩剂并实施静脉滴注可能

都是在双方同意的前提下进行的。

换句话说,那位受害者护师应该是在了解一切的情况下服从医师男友的指示而行动的。

为什么呢?

接下来这个问题很重要:该护师发现自己怀孕后首先告诉了男友,即被告小林。

"我怀孕了。怎么办?"

或许那位护师当时期待男友高兴地说"那就生吧",而他作为关键当事人却只是显得惊慌失措。

"那太糟了!得赶紧拿掉……"

不过怀孕六周也许没必要采取手术方式,口服或静脉滴注子宫收缩剂就能造成流产。

"我马上准备药剂,"男友说道,"求求你,现在一定要把孩子拿掉!要是孩子出生我可就惨了,而且无法向父母交代。反正这孩子不能要!"

那位护师陷入沉思。男友进一步催促。

"要是你同意拿掉孩子,咱们可以商定时间结婚。如果你想要孩子,结婚后也可以嘛!"

听男友这样讲,那位护师就同意按他所说的去做了。

但是，为慎重起见，那位护师将剩余的药片和输液袋保留了下来。

其后不久，那位护师发现被告小林已与其他女性结婚，而且从未打算跟自己结婚。

"我受骗了……"

那位护师身体受到伤害，并且明白自己的感情受到欺骗。于是，她为了报仇而决定将前男友告上法庭。

"那个人在我一无所知的情况下让我服用宫缩剂，还打点滴造成我流产。"

以上只是我的推测而已，无论怎样说确实都是男方不好。不过如此看来，男人与女人之间的沟壑可真是既深邃又幽暗。

藏而不露为至美

以前我曾谈到,现如今的京都缺少平安时代的风貌和资料。而"风俗博物馆"在弥补这种缺憾的方面具有特殊意义。

在这回文章中,我想谈谈在该博物馆看到"十二单"等展品后的印象。

风俗博物馆里有不少巨大的模型,展示了平安朝贵族的宅邸和生活样式。更令人惊讶的是,这里还配备了当时贵族穿用过的服装。

不过,这些并非从千年以前遗留至今的原物,而是原模原样的复制品,看上去相当精妙。

这也是因为该馆的馆长是制作僧人法衣的"井筒"公司总

经理，对相关古代资料非常了解。而最令我为之叹服的就是"十二单"。

毋庸赘言，"十二单"是平安朝贵族女性的正装礼服。而此次我还观赏到该馆女馆员现场穿着"十二单"的全过程。

女模特先穿好相当于内衣的衬裙。已婚女子穿红衬裙，未婚女子穿浓色即深紫色衬裙——这是规矩。

然后，在衬裙外裹上仍相当于内衣的单衫，为白色。协助者帮模特从肩部穿袖合襟，并在腰部系带。

接下来就要加穿各种颜色的袿衣。首先是一层艳绿色袿衣，也必须严整合襟并系带。然后，再一层一层地穿上白色和红色等袿衣。

在穿正装时，还要在此之上加穿稍短的黄绿色唐衣。最后，再穿上拖着长长裙裾的裳。

常规的十二单着装至此完成。据说，唐衣和裳可根据个人身份和爱好略有不同。

那么，这就算穿好十二层了吗？其实不然。据说，包括袿衣和裳也就是七八层，有时只穿四五层。

总而言之，尽管号称"十二单"，却并非每次必穿十二层衣裳。

据说,穿"十二单"须根据季节来增减袿衣和改变衣料,通过这种方法来应对酷暑和严寒。而在供人观赏时,就露出近十二层襟领,以显奢华艳丽。

在我观赏时是由该馆的女馆员当模特,并由其同事协助穿衣的。就在衬裙上一层一层加穿袿衣的过程中,眼看间模特完成了华丽变身。

当十二单穿着完毕之后,模特右手拿起一把大折扇,微微低头款款而行。

看到这个场面我恍若见到了《源氏物语》中的紫姬,有种不可思议的感觉。

如果说还有一点不同之处,那就是模特的头发较短,所以只是束在脑后而已。

因为当时的女性都要留长发,甚至比身高还长二三十厘米。所以,如果穿上十二单无疑会与背后拖在地板上的黑发相映成趣。

然后,女模特慢慢屈膝跪坐下来。

这时,外罩唐衣的下摆闪现出色彩艳丽的袿衣图案。

平安时代的高贵典雅就是这种境界——我不禁看得入迷。

这种华丽变身确实令人叫绝。

在这十二单穿衣秀的过程中,最吸引我的就是后来女模特侧坐时的姿态。

此时,女模特像平安朝贵族女性那样用大折扇遮住面孔,因此看不见她的表情。

然而不可思议的是,我反而愈发想看到她的容貌。

说起来,其实我此前已与她会面寒暄过,而且观看了她穿十二单的整个过程。

然而,我现在仍然不顾一切地想去她面前拨开折扇看看。

但是,从我这里能看到的只有从唐衣下摆露出的艳丽袿衣。不,在平安时代,除了这些肯定还有乌黑长发柔顺地披散在彩衣之上。

女子身穿美艳盛装却以扇遮面,任何男子无疑都会产生一睹芳容的冲动。

然而,当时的高贵公主们却极少让男性看到自己的容颜。

正因如此,男人们才会在听说某家公主美若天仙时趋之若鹜,并接连不断地送去表达爱慕之情的诗篇。

如此这般,尽管他们以为终于有机会接近公主,却仍然隔着帷帘和屏帐难见其真容。

其间即使偶尔凭某些动作看到了公主的身影,可面部仍然被折扇遮挡。

莫非是因为平安时代的公主们都知道越遮掩越能挑动男人们的好奇心,所以才不轻易露脸?

那么,话题马上转到当代。现如今的女性化妆与那时比起来格外鲜亮,有时甚至是浓妆艳抹。这样是不是过于尽态极妍了呢?

虽说古代与当代相比,女性的时尚和生活方式都相差很远,但我觉得还是不应忘记男女之间能激发想象力的爱情成熟过程。

我虽然不是世阿弥①,但也许"藏而不露为至美"现如今依然是美的原点。

---

① 世阿弥(1363—1443),日本室町时代能乐演员,剧作家、戏剧理论家。在其戏剧理论中倡导"幽玄"意味,即藏而不露、优美微妙、安详深远的意境。

终于达到发达国家水平了

在今天（2009年6月18日）的众议院正式会议上，表决通过了器官移植法修正案A方案。这实在是可喜可贺。

根据此法案，日本终于能像其他各发达国家那样，少年儿童也可接受本国少儿供者提供的器官进行移植手术延续生命了。

我对于器官移植怀有特殊的记忆。

在距今四十一年前，当札幌医大附院实施日本首例心脏移植手术时，我还是该大学整形外科的讲师。

当时的胸外科主任教授和田寿郎先生曾在美国留学期间参与多例移植手术，是一位经验丰富的外科专家。

我当然跟和田教授十分熟悉。而且,此人是日本首例心脏移植手术的主刀医师。我为那台划时代的手术惊叹不已并非常感动。实际上,在那台手术实施之后,校内连续多日随处可见媒体记者的身影。

我不会忘记,就是在那年的八月盛夏。提供器官的是在小樽市附近海边溺水的青年。

那位青年从小樽市的医院被送到札幌医大附院,被相关方面直接判定为脑死亡,并摘取心脏移植到一位身患严重心脏病的18岁青年体内。手术当时看似完全成功。

然而,接受心脏移植的少年排异反应越来越剧烈,术后不到三个月就去世了。

此例手术前的宣传口号是"以一死换一生",但最后却导致"以二生换二死"的悲剧。

当时,胸外科已做过情况报告。但是,我从对这台手术持批评态度的麻醉科、内科和脑外科等处得到第一手资料,从而产生了疑问:脑死亡判定是不是过早?因此,在接受某家媒体记者采访时,我就把自己的想法告诉了他。

但是,我的举动导致了重大问题。和田教授自不必说,连我的主任教授都对我进行了严厉警告。因此,我很难在医大附院工作下去了。

我在半年后辞掉了大学的工作,这也成为我走上专门创作小说道路的机缘。因此,那个事件令我永生难忘。

此次器官移植法修正案中最重要的一点,就是撤销此前对供者15岁以上的年龄限制,确定只要家属同意,不论年龄多大皆可提供器官。

另外还有两套对比方案。其中B方案是维持原先的脑死亡定义,将供者的年龄限制降至12岁。而C方案则是不改变供者的年龄限制,并进一步严格脑死亡的定义。

据说,也有相当一部分人认为修改相关法案为时过早。但是,直率地讲,此次修改失之过迟。

这也是因为,在十二年前颁定器官移植法的同时,已经附加了在三年后就进行重新评估的条件。

重新评估之所以被搁置至今,就是因为该修正案与议员们个人毫无直接关系,而且不会影响议员得票的数量。

但是,人们因此而前往国外做器官移植手术的问题日渐突显。于是,河野太郎等一部分议员开始行动并有了如今进展。坦白地讲,这确实是可喜的进步。

前些天，在日本财团大厦举行了器官移植法修正案相关研讨会。我也作为应询者参加了讨论，并在会议期间接触过坚持B方案或C方案的各位议员。

其中有人心怀危机感，认为如果消除年龄限制，那些尚无自主判断能力的儿童就会被任意地摘取器官。但这实属忧虑过度。

首先，他们只考虑到自己身边的人有可能被摘取器官，却没想过现实中那些因得不到器官移植而即将夭亡的患儿。

如果站在后者的立场，希望得到器官实属理所当然。那些家长情愿耗费数亿日元远赴国外为患儿做手术的心情也都可以理解。

但是，在现实当中，前往美国等外国接受手术就等于用金钱夺取当地孩子们的器官，并严重伤害对象国内等待器官移植的患者们的感情。

实际上，日本明明拥有一亿多人口，却为什么在国内不允许少年儿童作为器官供者呢？——曾有外国医师表情不快地这样问我。

而且，现如今能在国外接受器官移植的案例极少，无法筹备巨款的家长只能眼睁睁地看着孩子病重而亡。目前在绝望中等死的患儿已有二三百名。

如果了解到以上现实，自然会认可15岁以下供者可以通过器官移植尽力救助那些年少的生命。

刚才提到有人担心年幼脑死亡者会被任意摘取器官，那么我可以在此明确地告诉他们：在任何场合中，"接受器官移植或不接受器官移植，提供自己器官或不提供自己器官"这四种权利都能得到保障。

当然，对于尚无自主判断能力的幼童，如果父母表示"不提供"当然毫无问题。绝不能允许从没有父母代行权利的孩子身上摘取器官。

我再次强调，不要忘记这四种权利都有明确的法律保障。

男性主导的政界

最近，各大报纸自不必说，就连电视和各大周刊都连篇累牍地报道对本届（2009年）选举结果的分析和对今后民主党政权的议论。

那么，我在本文中就根据这届选举的结果谈谈今后男女议员的趋势，特别是女议员对政界的影响力。

看到选举结果时，令我意外难忘的就是女议员在众议院中所占比例。

此前执政党自民党中女议员只有8名，占该党议员总数的6.7%左右。与此相对，本届成为执政党的民主党中女议员则为40名，占该党议员总数的13%左右。可以看到明显的增加。

在上届选举之后，初次当选的女议员被编入"小泉派孩儿帮"当中。而本届则有女议员独立组成了"小泽派女郎帮"。这也是很大的不同之处。

这些民主党女议员比以往的自民党女议员年轻得多，而且大都不曾担当过重要职务。这是一大特征。

当然，因为议员都是国民的代表，所以即便年轻、没担当过重要职务也关系不大。

不，也许这样还能从社会基层的视角提出各种意见，因此应对其寄予厚望。

这也并非仅从育儿、母子补贴、教育费用等家庭方面来讲，而是希望她们在经济、外交等更广泛的方面也能发表个人见解。

我特别希望尽快改进的是当今的家族制度。即使在东亚国家中，也只有日本依然坚持实行女性婚后统一随夫姓的陈旧制度。而在中国都是夫妻不同姓。

另外，现如今在发生离婚诉讼时，若是女性主动提出离婚，大都很难如愿以偿。

我曾对这些问题进行过调查，自民党的老脑筋大叔们顽固地认定，为了维护日本美好的传统家族制度必须这样做。他们根本不思变革。

我热切地期待新的民主党女议员也能积极推动这方面的改革。

我写到这里才发现,男性在政治世界中占有压倒性优越地位。总之就是男性强势,女性弱势。

然而,拥有选举权的选民人数已不只是男女各半,而是女性稍稍多于男性,因此女议员人数当然应该更多才合理。

迄今为止之所以从未有人对此提出质疑,可能就是因为报社记者和电视台评论员几乎都是男性吧。

不、不,评论员中倒是也有不少女性,但可能她们早已放弃努力,从根上就承认男性在政界占强势是理所当然。

由于这个原因,此前一旦有女性进入阁僚就被称为"热门人事",并产生轰动效应。在这种环境中,总理大臣根本不可能从女议员当中产生。

可是,在菲律宾已有过像阿基诺夫人和阿罗约这样的女总统,在英国则有著名的撒切尔首相,还有前不久出席峰会的德国总理默克尔等。

除此之外,当今还有阿根廷的费尔南德斯、智利的巴切莱特、利比里亚的瑟利夫等,都是女总统。

我在担任日本冰岛友好协会会长时打过交道的维格迪丝总统也是女性。

与其相比,日本尚未产生过女首相。

这种现状让日本的发达国家招牌情何以堪?

那么,为什么在日本女政治家少之又少呢?

其首要原因就是日本多年来一直是以男性为中心的社会,现如今迂腐的观念依旧根深蒂固。人们常常会说:"一个女人家谈什么政治?"

由于女性针对政治问题说句话都容易受到压制,因此根本谈不上参与政治。

更何况在政治世界中协商或谈判的场合较多,如果像女性那样直言不讳、感情外露的话,本来能谈成的事情恐怕也会谈崩——这种危险性确实存在。

这方面有个实例就是田中真纪子前外相。像她那样心直口快、爱憎分明的做派,男议员们都会避而远之。

在此,我希望她们能更好地掌握"阿吽呼吸"的要领。

那么,这里的"阿"是指梵语中开口发出的第一个音,而"吽"则是闭口时发出的最后一个音。这句熟语意为初始与终结要合乎逻辑。总而言之,即使争论激烈,但表面上仍需显示出意见统一的样子——在政治社会中最需要这种感觉。

好像有很多男性深信,女性不懂这种感觉,不太容易沟通。但其实并非如此,这都是男性的偏见。

我认为,社民党的党首福岛瑞穗在这方面就能应对自如。

在执政党更替的当下,若能顺势发挥女性不轻易妥协的明快风格,通过唇枪舌剑的争论在政界刮起新风,也是十分有意义的事情。

总而言之,女性在政治社会中尚处弱势。在这方面的变革,无疑是走向政治改革的最佳捷径。

现在想对母亲说

今年(2009)是我获得直木文学奖后第四十个年头。

因此,9月17日我在东京举行了稍具规模的晚会。

此时我感到这四十年似乎既漫长又短暂,但仔细想想还是相当漫长。

说到四十年前,也就是昭和44年(1969),正是日本国内大学激烈动荡的时期,也是东京大学的安田讲堂被占领之年。

在人类社会中,阿波罗11号在月面着陆,人类第一次踏上月球。国内流行透视装和中长裙,流行语中有"噢!猛烈(Oh!モーレツ)"和"啊!惊讶的为五郎(アッと驚く為五郎)"等等。

这些都是从资料中查到的信息，并非在我自己大脑中保留的清晰记忆。

这些暂不多说，总之当年自己获得了第63届直木文学奖。此前曾有一次候选芥川奖，而直木奖已提名三次，可以说是在第五次入围才正式获奖。坦率地讲，我清楚地记得自己当时松了一口气，或者说终于如释重负。

在获此奖的两年前，我所就职的医大附院发生了"心脏移植"的重大事件。年长的读者可能都还记得，当时的胸外科教授和田寿郎先生实施了日本首例心脏移植手术，我们的校园里到处都是媒体记者。

当时，我对自己所在大学实施了如此划时代的手术感到兴奋和自豪，可后来心里却产生了疑问。

没错！那就是在盛夏八月发生的事件。提供心脏的供者在小樽市附近的蓝岛海岸游泳溺水失去了意识，那是一位21岁的男青年。

那位男青年在深夜被从小樽市的医院转到札幌市的医大附院，判定为脑死亡之后就被摘取心脏移植给某个18岁的少年。

但是，针对当时的脑死亡判定，参与手术的麻醉科医师们曾提出质疑。我对此进行调查之后,应某杂志记者的采访发表了看法。那次采访的内容公开后惹出了麻烦。

校内之事不应对外公开——我受到主任教授的警告,从此难以在大学容身,于是在第二年的三月辞职离开。

这就是我弃医从文当作家的直接原因。

最反对我辞掉医师工作的是现已不在世的母亲。

我母亲是商家的女儿。当时她问我:"你好不容易得到现在的工作,辞了职打算干什么?"我回答说:"我要去东京专门写小说。"母亲哭着说:"求求你!千万别干那种不靠谱、不稳定的行当,咱家从上到下从来没人向那方面发展。"

我力排众议来到东京,每天深夜都要吭哧吭哧地书写不知能否卖钱的文稿。我也曾感叹过,这确实像母亲所说,是一种收入不稳定、不靠谱的行当。

不过,这种忧虑也因获得直木文学奖而被冲淡。

在此前不久,我曾获得新潮同人杂志奖,这也是促使我涉足文坛的一个契机。当时的评审委员伊藤整先生向我提出了宝贵意见。

伊藤先生对我说:"渡边君,你要尽快拿出最畅销书。那样一来，各出版社的优秀编辑就会蜂拥而至。有人会请你写书，有人会建议你写某种题材，有人会帮你出谋划策。这样才可以更好地挖掘你尚未发现的潜能呀！"

当时，伊藤先生撰写过《日本文坛史》等评论文章，而且随笔集《关于女性的十二章》也成为热门书。他还妙笔生花地创作了《泛滥》《变容》等小说，是一位闻名遐迩的作家。

我感到这位大作家的意见极具说服力，并由此受到莫大的激励。

幸运的是，其后不久我新创作出版了《花葬》，而且首次在周刊上连载的《无影灯》以及在《妇人公论》杂志上连载的《魂断阿寒湖》等成为畅销作品，自己也较早地进入了流行作家的行列。

因此我得以持续稳定地创作了很多作品。这些也都托福于聚拢在我身边的优秀编辑们。

他们总是连续不断地鼓励我"写吧、写吧"，而当我写出好作品时也会由衷地称赞"不错哦"。

说实话，人在受到称赞和热捧时往往会产生更大动力。如果反之受到贬损无人热捧时，才能就会骤然萎缩枯竭。

可以说，这不仅仅限于小说创作，也是所有领域共通的基本原理吧？

总而言之，我的运气确实不错，乘势而上就发展到如今的地步。

而且，我现在深有感触的是，一名作家的成长凝聚了所有知遇和陪伴者们的功劳。

在我的成长过程中，有各种各样的人与我交流，给予我启发。而且，当今世界上能有个名叫渡边淳一的作家，都是托福于陪伴我的女性。这是我的真心话。

而且，如果母亲健在，我还想轻声对她说："母亲，当初您说得对，干这行确实不容易。不过，我付出了努力，干得还算不错！"

一次胜诉

我对中国某出版社侵犯著作权的上诉终于得到认可,法院判定我胜诉。

这个过程相当漫长,我经历了各种体验,也增长了很多新的见识。

本案的审理在广东省高级人民法院进行,被告方是珠海出版社。

法院对本案的判决是:该出版社侵犯了我的《一片雪》《雪舞》等四部作品的著作权,因此必须立刻停止对上述作品的印刷和发行。

另外,还要赔偿每部作品10万元人民币,以及本案诉讼费。

中国对此类案件通常采取二审终审制,因此本案到此即告审结。

于是,我期待该出版社尽快赔偿损失。但是,时至今日仍不见对方有任何反应。

侵权方究竟能否执行判决呢?也可以说,真正的交锋才刚刚开始。

说起来,此次上诉获胜的最大原因就是委托了中国实力较强的律师。

此次经历让我再次感到,与明知犯错却不肯让步的对手交锋,必须依靠实力强大的律师——这也是我从此次经历中学到的经验。

在中国,我的作品究竟出了多少盗版?虽然整体情况我现在仍不清楚,但毫无疑问数量相当巨大。

实际上,我此前在上海和北京等地举行过几次签售会,在读者递来的书中就有相当多的盗版。

既然是非法出版的书籍,我其实可以拒绝签名。不过,花钱买书的人未必心怀恶意。即使买的是盗版,他们毕竟是我的读者,因此我依然高兴地为他们签名。

我对这些盗版的惊人事实也有所了解,因此与某大型出版社签订了正式合同。可是,在该社出版发行新书的同时居然又出现了盗版!

"这么快就出盗版了!怎么做到的?"

当我惊诧于盗版的神速时,得知翻印并出售盗版的就是此前合约出版社的分公司。

我真不知该说惊世骇俗还是该说岂有此理!

说到盗版,还有在地铁口路旁书摊上摆着卖的情况。而且,那些甚至是照盗版翻印制作的假货。

换句话说就是双重盗版。做到这一步,与其说是非法牟利,莫如说是唯利是图的商魂顽固不化。我的惊讶几乎变成了感动。

我的作品在市面上出现了如此多的盗版,可事实上我却几乎没收到过加印的通知。

只有一次我得知当地发行过加印版并予以追究,却并未得到合理解决,最终只是给予对方严重警告而已。

我在此罗列了这么多不满意的情况,但坦率地讲,不可否认我自己也有疏漏之处。

首先,我在与日本的出版社签订出版合同时,合同书至多也就两三页而已。在出版社需要加印时,也只是以明信片通知一下就行。

当然,我在日本从来都是省略作者检验章,因此并未确认每部作品的印刷册数。

总而言之,一切都建立在双方互信的基础上。

最近,我已把在中国出版作品的事务委托给别人。而从那以后,合同书就从十页增至二十页左右。

在合同书中十分详细地注明了所有事项。例如,我方保留不事先打招呼对签约出版社和负责该社书籍印刷的印刷厂进行调查的权利。

另外,最近在中国出版的所有书籍都贴上我的面部照片。这些数厘米见方的照片以特殊方法制作,完全不可能进行复制。

在这次诉讼中有令我深感欣慰的事情——中国的媒体对此进行了大量善意的报道。

在我八月份去上海时有二十多家媒体到场,他们都热心地询问了此次诉讼的情况,并对我表示支持。

某位记者坦诚地表示:"日本有很多媒体和出版相关人员

只是说中国剽窃报道和贩卖盗版太过分。但是,你运用法律武器正式提起诉讼并胜诉,我们深感高兴。因为中国也是名副其实的法治国家。"他说得完全正确。

　　日本应该更加坦诚地与相邻大国中国碰撞磨合,有差错要努力纠正,共同加深相互理解。

可悲的米其林狂欢

今年(2009)的10月16日,《米其林指南之京都·大阪2010》出版发行了。

毋庸赘言,这是法国的轮胎制造商米其林公司推出的知名餐馆评级介绍。

此次出版的"京都·大阪篇"是继已出版的东京篇之后的第二册,其中载有对餐馆、料理店、酒店及旅馆等二百多家餐饮设施的介绍。

在获得星级评价的150家店中,京都有85家。据说,即使在全世界24个地域的指南当中,其数量也仅次于东京位居第二。

于是,报纸电视等媒体扎堆予以报道。这显然是过度炒作。

对此进行大肆报道的文章提到:"其中餐馆为82家,日本料理店占了97%之多。"

坦率地讲,这种说法怎么看都令人感到非常奇怪。

原因很简单,日本料理店并非餐馆。媒体将名称和内容完全不同的对象混为一谈,这令人难以接受。

通常来讲,正如本文开头所示,米其林指南属于介绍知名餐馆评级的读物。

可它居然掺和到日本的料理店和旅馆的评级当中,实在堪称极大的冒犯。

也就是说,编辑出版方恐怕根本没搞清餐馆和日本料理店的区别。

在日本料理店享用的是应季时鲜美味。

为将春夏秋冬四季在当地收获的食材做成美味提供给顾客,一流的料理店都会精益求精地选择烹调方式。

当然,眼下的时鲜就是松茸和银杏,稍迟些将会有河豚和螃蟹等菜肴摆上餐桌。

我不知道那个"米其林君"何时到访过京都的料理店。既然要介绍一流的料理店,就该把春夏秋冬的情况都调查清楚才对。

总而言之,法国菜一年四季很少变化,通年烹制提供相似的菜品,而日本料理则与其大不相同。可该指南却并未认清这一点,只在春季或夏季去吃那么一两次就下结论。这确实令人难以赞同。

此次被评为三星级及以下的各家店我几乎都去过,因此我推断该指南在评级之前并未做过充分调查。

正宗的日本料理都以新鲜出炉当场品尝为最佳。若是做完后置放一段时间再去品尝,宝贵的温度和鲜香度都会受损。

正因如此,特别讲究新鲜的顾客都会坐在厨台前品尝刚刚做好的菜肴。

实际上,日本料理向来都是在厨台旁享用的美味。

如今某些餐馆的宴会厅与厨房相距甚远,用餐时要由女服务员穿过长长的走廊端来托盘摆在桌上,等饭菜全部上齐后说声"好啦,开吃"才能进餐。这简直就是歪门邪道。

此种方式常见于大餐厅或宴会厅,这是因为有很多人在同时用餐。

一般来说,高级料理店几乎都用于社交招待方面,因此用餐场所距离厨房较远。

此次被评为三星级的也几乎都是宴会厅料理，而且每家店的面积都很大，从厨房到宴会厅距离相当长。

其中有些餐馆还必须经过庭院把料理送到谓作"别馆"的餐室去。

说不定"米其林君"就因为对周围景致和窗外风光看得入迷而忽略了味道，所以才会做出错误的评级。

那么，既然是对餐品的味道进行评级，那就应该排除建筑样式和宴会厅的豪华程度，而专门品评料理的味道。

说起来，在此次米其林指南出版发行之际，更可悲的还得算是电视台和报纸等媒体。

在13号，该指南的内容已比实际发售早三天公之于众。这都是为了让媒体提前炒作，以求提高指南销量。

各电视台纷纷中招，从第二天就开始介绍三星级及以下各家餐馆旅馆，甚至请来经营者和大厨进行报道，真是热闹非常。

各报纸也用整版篇幅大肆报道，甚至在社会版中对一星级餐馆也做了介绍。

尤其是当地报纸《京都新闻》，赫然用整版篇幅刊登了以

"京都6家料亭荣获三星级""对其继承和发展食文化做出高度评价"为标题的文章。

另外,社会版的头条标题就是"为获评三星级深感喜悦和责任重大",并登载了那六家料亭店主手持指南并排合照的图片,欢天喜地尽情庆贺。

坦率地讲,我对此深感羞耻。

说到底也就是法国人(据说还有部分日本人)对日本料理做出了较高评价而已,值得如此欣喜若狂大肆热炒吗?

反之,如果相反日本的美食指南对法国料理进行评级的话,我认为法国人绝不会如此欢腾庆贺。

当然,米其林确实是传统悠久的美食指南。不过,说到底它也只是以法国菜为基准的评级而已。

如果在中国出现了评价中餐厅的米其林指南,中国人也不会像日本人这样举国欢庆吧?

我觉得此次米其林狂欢似乎再次暴露出日本人对西洋的自卑感。这真是令我深感沮丧的一天。

二十岁的名人

近来,围棋界新名人的诞生成为热门话题。

此人名叫井山裕太,是生于平成年间的20岁男性。他如今已站在围棋界的巅峰。

井山裕太出身大阪府,从5岁开始执子对弈,在小学二年级时就成为小学生围棋赛名人了。

后来,他上初中时进入职业赛,16岁时就在业余围棋赛中获得了冠军。

再后来,他在17岁时加入能与一流棋手博弈的棋圣联盟,可以说从小就作为天才少年被寄予厚望。

尤其是他虽然去年在名人战中以3胜4负惜败于当时据

称实力第一的张栩名人,但在本届比赛中成功雪耻。

这确实是酣畅淋漓的完胜,可他才只有20岁。

这正是以年轻取胜。而在高尔夫球界,还有个名叫石川辽的"怪物"。

他虽然才18岁,但从事的是球类竞技运动。

在需要年轻和体力的体操和游泳等项目中诞生少年明星不足为奇。在足球和棒球运动中,年轻本身也是最大的资本。

但是,井山名人身处围棋世界,只是年轻体壮恐怕还不够。这里需要高智力,或者说这里是头脑竞技的世界。

在此之前,围棋世界中保持最年少名人头衔的是林海峰,如今井山名人已打破这项纪录。

同时,在中国和韩国的围棋界,年轻新星也在接连不断地涌现。

实际上,井山裕太也已意识到这一点,他在获得名人位后接受采访时表示:"我想成为在世界棋坛大显身手的棋士。"

他的豪言壮语值得赞赏,我热切期待他在世界级赛事中大放异彩。

说起来,这件事情促使我开始重新思考围棋这个竞技项目。

我估计自己的围棋实力可达四段,而且一直保持这个爱好,偶尔也会抽空下几手。

这时我发现,即使年纪大了,下围棋依然很有趣,只要坚持不懈,多少都会有些进步。

这就是围棋的乐趣,只要脑筋不糊涂,棋艺就不会退步。

与此相比,如果打高尔夫球的话,球技就会随着年龄的增长一路下滑。在六十多岁时倒还不太明显,可到了七十多岁击球距离就大幅缩短。以前只需打两杆的距离,现在就得打三杆甚至四杆。

退步如此明显实在令人恼火,以后我也就越来越不想打了。

当然,如果坚持每天锻炼身体,练习挥杆动作,并且每周至少去球场打一次球,成绩或许还不至于下降得这么快。

不、不,即便如此成绩也还是相当差。

这就是以体能为主的运动令人沮丧的特点。

既然只有在体能最强时才能取胜,那么年老体衰的人就永远不可能战胜年轻人。

有人因此不愿从事那类运动,而围棋则与之不同。

不过虽然我以为即使上了年纪也可以快乐地下棋,但据说只有在业余棋手的世界里才会是这样。

看到此次井山名人的诞生我认识到,围棋也是年轻者的竞技项目。

这是因为,名人位被夺走的上代名人张栩已经29岁。

虽然他此前在一流棋手当中也曾最年轻,但如今他又败在20岁的井山名人手下。

而且,其他曾被称为天才并获得名人、本因坊、棋圣等各种头衔的著名棋手——恕我失礼——也都实力大减了。

其原因大概都是年纪增长了吧。

他们本来棋力超强,再加上知识、经验、策略也都应该更加成熟,可就是无法战胜年轻棋手。

这是为什么呢?因为我不是专家,所以说不出更深的理论依据。不过,我认为还是因为他们已不像年轻时那样思维敏捷和计算缜密了吧。

但是,无论本人还是周围的人,似乎都没发现这些。不,也许他们根本就不想发现。

在这种20岁男子称霸的竞技世界里打拼实在不容易。说白了,老将到了一定年龄就不得不黯然退场。

与之相比，有的工作随着年龄增长到三四十岁之后会变得炉火纯青，而且能对人性有深刻了解——我就想在这样的世界里工作。

上年纪的人都会这样想，都有这样的企盼吧？

在现实当中，无论做什么工作，大都能随年资增长提高地位和收入。但是，在竞技世界里却并非如此，在多数情况下地位和收入都会随年龄增长而下降。

如此想来说不清是幸运还是不幸，因此我愈发对自己的工作心怀感激。

虽然年轻时的短暂辉煌也十分珍贵，但毕竟这些都会很快失去。

与之相比，莫如健康长寿，充分体验人间世事，并将其内化于心，然后在时代变迁中充分反刍酝酿，再精心编织人生故事。

创作小说正是这种工作。

全都托福于这条门道，我从事作家工作好歹活到了这个年纪。

总而言之，我很庆幸自己没有走入围棋那样的严酷世界——这是我现在的真情实感。

结婚划算吗

以前我曾写过有关男青年认为"结婚不划算"的文章,后来就收到数名女性的批评意见。

首先,她们似乎对"不划算"这个说法耿耿于怀。除此之外,还有"太不尊重""不像男子汉""不负责任""自私任性"等意见。

因此,我在这回文章中要进一步阐明认为"不划算"的男青年的心声。

说白了,认为"结婚不划算"的男青年的坦率心声就是"结婚负担过重"。

首先,结婚会限制生活,工资等收入必须全部交给家里。除此之外,还必须协助诸如清扫房间和炒菜做饭等各种家务。

而且,在孩子出生后就完全不能自由行动了。

因此,男青年们的想法就是不愿为结婚而承受如此重负。

不过,几乎所有已婚男人却都是在了解这一切之后做出结婚的决定。他们认为工资当然应该交给妻子,而且自己应该尽量协助妻子做家务。

既然已经决定结婚,那么这些就都是理所当然该做的事情,所以不会考虑是否划算。

可令人好奇的是,他们现在突然停下脚步要考虑这些事情了。至于其原因,就是现如今女性在结婚前都要提出各种条件。

例如,每月要在外面用餐一次,双方的生日和结婚纪念日必须庆祝,如有可能就在国内或去国外旅游,而且要与父母分别居住生活,等等。

总而言之,女性想在婚前就签订此类协议。这让男人们相当郁闷。

男人当然愿意尽力满足女方提出的要求,但在婚前叫人签订协议,就令人不胜其烦、十分扫兴了。

以前的女性确实不会这样做,但据说近年来开始有女性要求男方签订协议备用,并在违约时拿出协议进行责难,而且在办离婚时也对自己有利。

事情发展到这种地步,男青年们对结婚犹豫不决也就无可厚非。

男青年们对结婚犹豫不决的另一个原因是,已经结婚的前辈们看上去并不幸福。

总而言之,听说男人们一旦结婚就立刻失去活力,变得非常小家子气。

当然,男人在刚结婚时似乎都挺春风得意,工作时也好像特别精神抖擞。不过,这只是暂时现象。过不了多久,工作和家庭双重压力造成的疲劳就会在脸上显现,精气神也渐渐不如以前。

再加上育儿和房贷等负担,男人就只能当"工蜂"了。也就是说,男人结婚后就会从单身贵族渐渐变成满脸生活艰辛的大叔。

确实如此,据说现如今在城市里一个孩子从出生后到大学毕业需要大约五千万日元的培养费。

这是某位专家的估算,那么如果有了二孩就得消耗近一亿日元。

不,完全将此当成消耗未必正确。婚姻生活还有另一面,就是抚养儿女长大成才的乐趣、人丁兴旺的充实感和当长辈的成就感,以及对晚年的安心感等等。这些难以用金钱估算的幸福也是无穷无尽。

但是,年轻人却未必都能看到那些幸福,因此他们只能把婚姻看成沉重负担吧。

实际上,现如今年轻人已失去大部分生活热情。而且,有不少人认定即使承担了养儿育女的重负,将来也可能无依无靠。

这种想法可能出于对自身的反省,可以说言之有据。

男人们还有另一个担心,即婚后恐怕就不能做冒险的事情了。

男人们都有自己想做的事情,不仅限于当工薪族,还想挑战新领域当创业者。

如果胸怀这种远大理想结了婚,妻子却强烈反对说"现在这样不是挺好吗",是不是就只能度过平凡的一生?

尤其是总爱做梦的男人,这种不安感会更加强烈。

说到这里我再次想到,现如今在谈婚论嫁时,女性的意见和想法总是色彩浓重,格外突显。

以前都是男人以"啥都别说跟我来,我养你"的方式与女人走到一起。

女人当然相信男人这种表白,也不会多说什么。

然而,现如今已几乎无人以这种方式结合,妻子与丈夫都以对等姿态谈婚论嫁。换句话讲,既然女方的主张变得强势,那么男方能够自主决定的事项就相应减少。似乎可以说,男人们正是因此而对结婚越来越没兴趣。

再加上如今在城市里许多男女都不结婚,即使单身生活也几乎不会受到指责。

而在地方城乡,有时则会遭人白眼:"都三十了还单身吗?"

在大城市里就没有这种世俗的目光,可以自由自在地生存下去。

这种时代变化可能也是认为"结婚不划算"的年轻人增多的原因之一吧?

而且,人类,特别是男人,说不定就是一类如果允许自由生活就不会结婚的物种。

服丧免贺年明信片

近些年,每到岁末我都能收到很多画着黑框的服丧明信片。时近年末,若说正常也确实正常,但已超过了二十张。

人在上年纪后,服丧明信片也就随之增多。虽说这纯属无可奈何之事,但仍不免令人感到郁闷。

当然,对方可能认为转告亲友的讣闻符合礼仪,这样做当然正确。不过,却也不免使人感到都是从众而为。

邮寄服丧明信片,是为了告知自己的亲人亡故,自己正在服丧吧?

实际上,我看到这些明信片上也都是亡故者的信息。在此,我想对"服丧"重新予以思考。

所谓"服丧",就是指在亲人亡故后为悼念逝者而节制饮食起居。

自古以来对这方面就有很多详细规定,如闭门户、断酒肉、不吊唁、不庆贺、不婚嫁、不奏乐、不分财等等。

具体怎样做需根据与逝者关系亲疏程度而定,不过现如今已无人严格照章办事了吧?

当然,皇室贵族应属例外。寻常百姓家一般不会闭门户、断酒肉、不奏乐。

总而言之,虽说都是服丧,但也只是各自在心中怀念逝者、祈祷冥福吧?

说到服丧期,据资料记载一般都是49天。

这种习俗的中心内容,就是在服丧期间不要做那些奢侈排场的事情。

这种程度的规约或许确实能被民众接受和遵从。不过在49天服丧期过后,总可以结束服丧期恢复正常生活了吧?

以下列一段服丧明信片的词句,目的当然不是批评寄明信片的人。

"今年2月,胞兄与世长辞。在此对各位今年给予的深情厚谊谨表谢意,并希望明年继续多多关照。"

这只是其中一例,可以看出寄信人的哥哥是在距今半年多之前去世。

其本人或许依然记忆深刻,但服丧期应该早已结束。

恕我说话冒昧,就在前不久,我还与对方聚餐喝酒,并且唱了卡拉OK呢!说实话,他根本就没有任何服丧的样子。

尽管如此,时近年末他却突然寄来明信片说"因本人正在服丧,谢绝岁末年初来信贺年"。

坦率地讲,对方的实际状况与明信片内容完全不符。

于是,我再次确认其他服丧明信片,发现虽然亡故者各种各样,但都逝于今年春天或夏天,早已过了49天的服丧期。

不过,可能因为还在今年之内,所以仍算服丧期吧。

此时我心生疑问:如果在发过服丧明信片后又有亲人亡故该怎么办呢?

例如,父亲在三月份去世,进入十二月后母亲也去世了。

在这种情况下,如果已经发过父亲去世的服丧明信片,是不是还需追加寄发母亲去世的服丧明信片呢?

可是,既然已经发过一次,那么再发就未免太奇怪了吧?

而且,下一年的贺年卡又该怎么办呢?

究竟是该在下一年也发一封"去年年底母亲与世长辞"的服丧免贺年明信片呢?还是因为去年亡故今年就该改成贺年卡了呢?

可是,如果改成贺年卡的话,就没机会告知母亲去世的消息了。这样一来,也许会担心有人一不留神在年底去世。

我写到这里,再次感到服丧免贺年明信片过于形式化。

每年若有亲属在开始准备贺年卡之前去世,年底就必须寄送服丧免贺年明信片。

即使本人已过服丧期,但在寄发明信片时仍算服丧。

如果是自己的直系亲属去世另当别论,但是连自己配偶的父母去世也对外声称服丧又算怎么回事儿呢?

总而言之,在年内有亲属去世就得寄发服丧免贺年明信片是不是太囿于形式了?

实际上既没法律条文也没规章制度要求必须这样做。

只是因为大家都在这样做,所以自己也得跟着这样做。

比起拘泥于过度形式化的做法,适当寄发具有新创意的贺年卡不好吗?

"恭贺新年!去年二月,母亲与世长辞。不过,我没有过度消沉,今年也会振作精神继续努力。请各位多多关照!"

如果对方收到了抽奖贺年卡,想必也会振作精神、鼓足干劲吧?

除此之外,还能省去分拣普通贺年卡和服丧免贺年明信片的麻烦。

莫入愚问的圈套

前几天(2009年)内阁府发表的舆论调查结果已成热门话题。

针对"婚后是否必须拥有孩子"的提问,表示"赞成"和"基本赞成"的比例合计达到调查开始以来最高的42.8%左右。

各大报纸和电视台都对此进行了大肆报道。其他的结果是,二十多岁女性回答"不必要"的比例为68.2%左右,而三十多岁女性中这一比例为61.4%左右。

另一方面,56.6%的二十多岁男性和56.3%的三十多岁男性回答"不必要"。

而且,如果不计年龄只按性别来看,回答"赞成"和"基本赞成"的女性为46.4%左右,男性为38.7%左右。

在报纸等媒体的报道中还对这些数据进行了解读,称其表明"育儿环境恶化",是"生活不安的反映"等。

仅看这些数据,确实会觉得现如今年轻人中间认为"孩子并非必要"的占多数。而且,确实会担心若照此发展下去日本未来堪忧。

但是,对于这些数据,我想稍稍冷静地深入思考。

首先,这项调查是与"男女共参共画社会"相关的舆论调查。虽说是由内阁府策划实施,但完全是衙门作风式的老一套。

像"婚后是否必须拥有孩子"这种问题本身就不能成立。

因为孩子与汽车和电器都不同。

人们在听到"是否必须拥有孩子"这种提问时,恐怕难以立刻回答吧?不,年轻男女几乎都会回答"没有必要"吧?

原因很简单——目前尚无必要。

而结了婚的男女在被问到"是否必须拥有孩子"时,也肯定会感到困惑。

所以在此必须讲明,关于孩子应该说是否想要,而不能说是否必须拥有。

特别是在向年轻人提问时,就应采用"你将来想要孩子吗"

这样的含蓄说法。

现如今,孩子的教育费用确实令人难堪重负。

根据某位评论家的调查数据,一个孩子从上幼儿园到大学毕业,或者说将一个孩子培养成人差不多需要5000万日元。

因为这是在东京都内的情况,所以要是地方城乡家庭把孩子送进东京等大都市的院校,花费恐怕会更多吧。

尽管如此,如果一个孩子需要5000万日元的话,两个孩子就需要1亿日元,而三个孩子就需要1.5亿日元。

嗯,就是这样。先不说这样计算是否过于简单,起码大多数父母确实无法承受如此重负。

假设一家有两个孩子,那么仅教育费用就得1亿日元。如果再加上房贷的话,简直不得了。所以,拼命工作的父亲失去精气神也就不足为怪了。

不,不仅是父母,这种情况孩子们也完全清楚。年轻人只要想想自己上过的学校和培训班以及进大学时缴纳的入学金和课时费,也应能充分理解养儿育女有多么艰辛。

而且,当自己将来成年之后,又能给父母尽多少孝呢?

难道做儿女的都能把父母接回家里照顾吗?还是只能把

父母赶进医院或养老院呢？

考虑到这些也许可以说，为孩子付出高额教育费实在不划算，甚至堪称第一号"不良债券"。

因此，年轻人认为没必要养育孩子也许是顺理成章的事情。

我再次强调，"你认为有必要拥有孩子吗"本身就是愚蠢的问题。

因为这个问题不应以"必要还是不必要"来考虑。

对于这个问题，只需考虑从结婚到生孩子的过程就能完全明白。

假设这里有一对男女，他们互有好感，在交往一段时间后愿意住在一起，于是结了婚。而且，在共同生活一段时间后想要自己的孩子，于是怀孕生子。

近来有所增加的"奉子成婚"，就是因为男女在相互爱慕、亲密交往中女方怀孕，并决定生育小宝宝而完婚。

总而言之，他们要孩子纯属瓜熟蒂落之事，并非受他人要求或强制。稍稍夸张地讲，应该是自然发生的行为。

换句话说，这都是出于人类本来就具备的、保存种嗣的本能。

正因如此,现如今即使去问单身男女"有必要吗",恐怕也未必能得到准确答复。

他们在找到相亲相爱的对象并住在一起后,或许就会想要孩子了吧。

当然,虽然也有育儿的艰辛和经济问题,但若想用"必须拥有孩子吗"这种单纯设问来切取青年性格和现代社会特征,那就过于轻率了。

对于这类调查数据,我们应该更加慎重地进行分析和解读。

恭贺新年

公元 2010 年,平成二十二年即将开始。

恭贺新年!

虽说如此,其实我写此稿的现在还是 2009 年。

那么,当选为平成二十一年的汉字是"新"。

坦率地讲,我觉得这太荒诞,或者说感觉不对头。

电视报道说这一年诞生了新政权,棒球选手铃木一郎以及高尔夫球手石川辽君创造了新纪录,因此"新"字当选为年度汉字。但是,鸠山政权的新鲜感早已淡薄,而竞技运动新纪录也年年都有,并不仅限于这一年。

与这些相比,既然"新"字当选,那么今年就必须是新的创造性、新的热情、新的干劲旺盛涌现的年份,否则难有说服力。

从这一点来讲,过去的一年别说是新的热情,因不景气而导致失业增多等状况更令人情绪低落。

硬要把这样的年份说成"新"字当头,会不会是根本没弄清汉字的真正含义呢?与其相反,我个人却感到万众消沉的"沉"字十分贴切。

顺带说一句,本年度获流行语大奖的"政权交替"也不太令人满意。

一般来讲,这样的词组只能算普通用语,并未反映出社会舆论的感觉和妙趣。

我写到这里发现自己一直在发牢骚。

我本打算从今年开始表现得老实一些,可新年伊始就又这样变成了"爱唠叨的幸兵卫"①。

据说登载此稿的期刊将在1月6日摆上街头书摊。

我想,到那时可能会有大量贺年卡往来。

过去这一年正值我获得直木文学奖四十年的节点,为此还

---

① 爱唠叨的幸兵卫,日本同名古典单口相声中的主人公,好管闲事、多嘴多舌。

举办了私人晚会。

适逢岁末年初,我想向那些特意参加我的私人晚会的朋友们恭贺新年,同时表达衷心的谢意。因此,贺年卡的数量也大大增加。

我每年都要在贺年卡上添一首俳句,借以表达自己迎接新年的心情。所以,我在去年年底又费了一番心思。

在贺年卡上添一首俳句的做法已持续十年以上,在平成九年(1997)的贺年卡上写的是以下这首:

正月遇佳丽,柳眉楚楚描黛岭,冷艳惹人疼。

我在那个新年正月遇到一位美丽女子。我喜欢她那冷艳动人的神态,就写了这首俳句。

而第二年我的《失乐园》爆红热销——

元旦已来到,失乐园里静悄悄,新作又热销。

平成十一年以后历年的贺年俳句如下:

去年到今年,唯有妄念不曾变,新春当自勉。

元旦夜深沉,母亲突现初梦中,警训如雷鸣。

辞旧迎新年,跨越世纪换人间,不变是容颜。

春归喜开年,新历又将旧历换,吾亦应求变。

屠苏共畅饮,欢天喜地贺新春,愿为忘年人。

倾觞饮屠苏,错上加错辞旧载,元日初参拜。

为爱已憔悴,笔耕墨耘更熬累,我自迎春归。

新年沐朝阳,心无挂虑精神爽,对镜剃须忙。

普天庆元日,独对书案问自己,何时愿搁笔?

元旦普天庆,闭门赎过省吾身,新年宅家中。

辞旧迎新年,唯有烦恼绕心间,修炼能超凡。

以上贺年俳句到平成二十一年为止,虽说不免有些随心所欲,但仍感到其中寄托了自己的心情。

那么,今年该怎样写呢?

我每年一到岁末都会为此犯难,可当初怎么会动这个念头呢？

这都因为自己头脑中总是记着虚子[①]的俳句"辞旧迎新年，日月四季复轮转，天轴贯其间"。

这首俳句确实具有极强的震撼力，给人一种悠悠岁月绵延不断的厚重感。而"天轴贯其间"，也显示出一种雄壮感和幽默感。

当然，创作此类名句实在太难。那么，既然要添写在贺年卡上，还是应景喜庆些更好。

但是，这种做法持续十多年后我已有些江郎才尽的感觉，因此去年也苦思冥想了很久——虽然这样说，但实际我却意外轻易偶得一首：

新年忽又至，忙里忙外贺新禧，元旦已远去。

这首俳句是否佳作暂且不论，总之这是元旦给我的一种印象。

另外，元旦到来，新年伊始，公元也好，平成也好，全都从此改变，各自增加了年岁。

[①] 高滨虚子（1874—1959），日本俳句诗人。

这种变化更替意义重大,可元旦这玩意儿却总是随随便便不期而至。当你回过神来,它却扬长而去,仿佛时过境迁已久。

　　我想说:"喂,元旦!你好歹打个招呼再走不迟嘛!"可元旦却一声不吭。

　　它虽说表面如此冷淡,可背后却隐藏着重大意义。我对有时因此而生气、发牢骚的自己深感诧异。

　　说不定,人生道路上的各种歧途和沉浮也都像这样不期而至、不辞而别吧?

从一则短消息谈起

正月,新年伊始,报纸和电视台等媒体就报道了各种消息。若问其中我感兴趣的是什么,那就是以下这则短消息。

由于它只有12行字,在某报纸社会版上就像"豆腐块",所以也许很多读者都没注意到。

这则消息的标题是《死刑犯山本病故》。

其内容是:在2003年,埼玉县入间市发生了包括某暴力团组长在内的5人被射杀事件,凶手是该暴力团原组长山本开一(62岁),已被判死刑。该犯于2日晚因肝癌死于东京拘留所。法务省在3日公布了这则消息。

据法务省称,至此被判死刑的囚犯已达103名。另外,山本死刑犯在去年（2009）8月被查出患有肝癌，但本人不愿接受手术等治疗，因此只采取了最低限度的维持措施。

以上即该消息的全部内容。而我所关注的是最后这部分。

我推测，该犯是从去年夏季开始健康出了状况，并在拘留所内的医务室接受过医疗检查。

在检查后发现他得了肝癌。

于是，医务人员向他征求意见："根据目前的病情必须手术治疗，你同意吗？"

因为此时该犯正在拘留所里服刑，所以在确诊时病情可能已相当严重。

虽然无从得知这方面的详细经过，但医师的判断应该是最好尽早手术治疗吧？

而本人却对此回答"不想手术治疗"。

因此，医师方面也不能强行采取措施，只好进行保守治疗。于是，在治疗观察一段时间后，该犯在1月2日死亡。

如果只看以上经过，这也许会被当作在拘留所内发生的平常小事件。

而这则短消息之所以引起我的浓厚兴趣，是因为我想到如果自己是那个死刑犯会怎样。

任何人都十分珍惜自己的生命,不愿轻易放弃。如果得知自己被确诊为肝癌,不及时治疗将危及生命,想必谁都会主动配合手术治疗吧?

这应该是普通人极为自然的反应,可那个名叫山本的死刑犯却拒绝治疗。

我推测,这也许因为他想到自己是个死刑犯吧?

即使当时接受手术治好了癌症,执行死刑的那一天终究也会到来。

因此,即使接受了手术治疗也是白费劲,而在术后极力忍受精神和肉体的痛苦更无任何积极意义。与之相比,还不如放弃手术维持现状,或许躺在病床上顺其自然地迎接死亡倒更轻松些。

他是否真的这样想过无从得知。

不过,如果我是死刑犯就可能想到这些。

不,我也许不会这样想。

即使是死刑犯也会惧怕迫近的死亡。

如果告诉我"不及时治疗就会死"的话,我或许就会接受手术。

即使生命能因此而延长,但总有一天仍将被送上行刑台处死。这是无法抗拒的宿命。

当自己被逼入这种境地会怎样选择呢?

我无法明确回答——这就是我现在的真情实感。

然而,他却断然拒绝了手术治疗。

此人曾是某暴力团的组长,此前射杀了五个人。

他当时确实是个穷凶极恶、肆意妄为的男人。

他发展到这一步和精神世界形成的经过暂且不论,总之是个罪行严重、不能被社会饶恕的男人。

当然,他能下定如此决心,想必经历过深深的苦恼和思想斗争。如果接受手术治疗,免不了兴师动众,而且会耗费巨额医疗费。

当然,这些都会由国家提供。但自己是否拥有这种权利呢?与其相比,既然有病魔来将自己带走,顺其自然就是作为杀人犯的自己应该选择的去路。

而且,既然自己即将因绝症而死,就没必要在某一天走上行刑台,还能帮助行刑官从摁电钮执行死刑的精神重负中解脱。

想必他就是按照自己的选择,从容地接受了绝症带来的死亡。

　　在反复深入思考的过程中,我甚至感到这件事可以写成短篇小说了。

　　从表面看去只是一则短消息,但在其深处却隐藏着很多考问我们的重大课题。

我是谁

像我这样年纪的男人,已几乎没有去银座夜总会串店喝酒的了。

不过,如果真去喝酒的话,有时也会碰到有趣的事情。

以下就是我最近偶然碰到的趣事。

那是一家在银座也相当有名的高级夜总会。

当然,因为价格相当贵,所以我不太在那里露面。偶尔一次机会,我跟某出版社的N君结伴前往。

虽然社会经济如此不景气,可夜总会里却是适度拥挤的状态。

于是,我与N君对坐在角落里仅余的空座上,各自跟一位女子聊起天来。

过了不久,我身边那位女子被其他顾客点召起身离去,领班就安排了另一个女子陪我。

说是另一个,其实就是刚才陪N君的那位女子,只是从对面坐了过来而已。

"这女孩喜欢小说。"

领班这样对我耳语,好像他是特意叫那位女子坐在我身边。

当然,我是初次见到这个女孩。她身材高挑苗条,长相还算不错。

我喝了几口加冰威士忌后就问她:"你在读什么书啊?"

这时,她迫不及待似的回答:"亨利·米勒。"

"亨利·米勒?"

她一开口就说出外国作家的名字,难道是超级粉丝吗?

这么一说,爱读亨利·米勒的书确实与众不同。记得亨利·米勒的代表作是《北回归线》,其实我自己还没读过呢!

于是,我点点头赞叹说"哦——"。这时她向我提问了:

"先生,您喜欢什么小说啊?"

她问得很直接,我就半开玩笑地回答:"最近我爱看渡边淳一的……"

这时她突然歪着脑袋问:"他写的是哪种小说呀?"

我立刻把刚端到嘴边的酒杯放在桌上,重新端详她的表情。

看样子她不是在开玩笑或恶作剧,好像真的不知道渡边淳一这个作家。

于是,我又装作与己无关地说:"像《失乐园》啦,《爱的流放地》等等,描写男女关系的故事比较多。"

这时,她点点头说:"哦——那我下次也读读看吧。"

既然她这样说,那就真的不是在开玩笑了。她或许真的对我,不,对渡边淳一这个作家一无所知。

"原来如此……"

仔细想来,这也是理所当然。

总而言之,世界很大,不知道我的名字也没什么不可思议。

在现实当中,想必不知道我的人不在少数。

不过,这里可是银座的高级夜总会。而且,这女孩是领班特意为我安排的文学爱好者。

当我正在深感困惑不知接下来该跟她谈些什么时,N君向我打招呼：

"咱们该走了吧？"

确实如此，跟这位文学女招待在一起，也许会越来越疲劳。

于是我起身来到店外，N君说："咱们再找一家换换口味吧！"我点头表示同意。N君接着问："那个女人有点儿怪吧？"

N君在我之前已与那女子交谈过，看样子他也感到很奇怪。

"那种人居然自称文学女招待，真是让人笑掉大牙！"

或许确如N君所说。不过，也有可能是主管乍听那女孩说爱读亨利·米勒的书，就轻易听信了她的话。

偶遇那位文学女招待，让我想起几年前在沼津市某酒吧见到的一位女子。

那次正巧是白天在三岛打高尔夫球，当晚就住在沼津市的酒店里。用过晚餐，我们几个人就去了酒店附近的某家酒吧。

那里有位三十岁上下的女子，虽不能说美丽动人，但确实性格开朗。

那女子突然问起我的名字，我含糊其辞地回应"这个嘛……"。于是，我身边的同伴开始替我解释：

"这位先生很有名,还偶尔在电视上露面。你不认识?"

那位女子听到此话再次打量我的面孔,随即说:"我明白了。"

"那你说他是谁呀?"我身旁的同伴问道。

那女子回答说:"他是三国连太郎[①]吧?"

现场顿时爆发哄堂大笑。我也实在忍俊不住。

于是,我也将错就错地假装自己是三国连太郎,直到妈妈桑过来后才暴露真相。

我们离开之前,妈妈桑要求我在美术纸上签名留念。

我写的是——被称作三国连太郎的渡边淳一。

[①]三国连太郎(1923—2013),日本电影演员。

雪的回忆

今天(2010年2月5日),札幌冰雪节开幕了。

今年照例是在札幌市的大通等三个会场举办规模空前的冰雪节,预计将有二百万游客前往观赏。

在此期间,整个严寒彻骨的北国都希望借此红红火火地热闹一番。

我以前也看过几次冰雪节,但近几年再没去过。

第一个原因就是不想在如此寒冷的季节外出,还有一个原因就是雪雕作品越来越豪奢华丽,我对此已心生反感。

现如今,在自卫队等组织的协助下,大通公园等处的雪雕规模巨大、雕工精巧,再加上红、蓝、黄等各色灯光映照,确实堪称梦幻世界。

来自外地的游客看到雪雕会惊艳感动,但作为"道产子"(土生土长的北海道人)却已略感厌腻。

因为我曾亲手制作过雪雕,所以总觉得如今的雪雕作品过于完美壮观,已完全失去以前纯手工雕琢的感觉。

这时我想到,主办方可不可以向游客提供亲手制作雪雕的机会呢?

制作小型雪雕不会耗费太多时间,将游客自己的作品排列在雪地上展示,再拍照留念,一定会增加更多乐趣吧!

我从儿时起每年都堆雪人,上高中后就开始有意识地制作雪雕了。

特别是在高二那年冬季,因为学校举行班级对抗赛,所以制作雪雕格外认真。

当时,担任总指挥或者说领导的是本班被称为天才少女画家的J子同学。

根据她的提案,我们模仿罗丹的《思想者》制作了雪雕作品。那次制作异常艰苦。

雪雕中较大的部件就用铁锹修整,而较小部件则须用铁铲和锅铲雕刻。可是,效果却很不理想。

后来,由于J子同学态度越来越蛮横,不堪忍受的同学陆续退出。

但是,因为我对J子同学心存好感,所以不能半途而废。即便如此,我还是在制作"思想者"的颈部时遭遇挫折,受到埋怨后我也退出了。

放学之后,没有助手的J子同学仍然独自默默地继续制作。我在二楼教室窗口担心地望着她。

这时,只见J子同学突然靠在雪雕上,紧接着洁白的雪雕就染成了红色。

我曾听说她有肺结核,因此想到她肯定是咯血了。

于是,我和伙伴们一起跑到雪雕前,把满脸鲜血的J子同学拽下来抬到保健室,并叫来急救车送她去医院。

这件事很快传遍校园,一时掀起轩然大波。我觉得都怪自己没有坚持帮她到最后,为此深感后悔。

当然,我们依然贯彻了她的执着意志,雪雕像好歹算是完成,并在大赛中获得了第一名。

过了半个月,她返校回到班里,看上去比以前略显消瘦,脸色也有些苍白。

那天晚上,我俩在我担任部长的图书部成员活动室密会,她说"吻我"。

可是,我没能立刻吻她。

她因肺结核刚刚在半个月前咯过血,如果现在吻她,我就会被传染。

看到我犹豫不定,她厉声质问"你不会吗?"于是,我下定决心闭住眼睛吻了她。

那年冬天,我跟她多次秘密约会。我们也没怎么热情深谈,只是默默地在雪路上漫步。不可思议的是,我丝毫未感到寒冷。

途中,我们在纷纷扬扬的飞雪中接吻。她那上翘的长睫毛上落了雪花,眼看着渐渐融化。

又过了不久,在二月末某个寒气略缓的夜晚,她把一只手伸进我的大衣口袋里喃喃细语:"晚上雪也在化呢!"

这是我最后一次与J子会面。不,后来她好像来过我家书房窗外。

但是,她连招呼都没打,只是把一束鲜红的康乃馨放在窗外雪地上就离开了。

第二天早上,我惊讶地发现了那束康乃馨。我去学校后听

J子的闺蜜说,她已乘早班列车去钏路了。

事实上,去了钏路的J子后来进了阿寒山。她就在俯瞰阿寒湖的树林中,身穿红色大衣吃安眠药自杀了。

后来,我从医师那里听说她从未咯过血,所谓肺结核也是装病。

我还知道,她在去阿寒的前夜留下康乃馨的,除我之外还有五个男人。

两个月后,在春天开始融化阿寒的深深积雪时,现出了J子趴在雪中的尸体。

J子为什么死了呢?我不知道真正的原因。或许她已感到如此做戏生存太累了吧?

我在自己的初期小说《魂断阿寒湖》中讲述了J子的故事。我听说她死去的面容就像冰雪般晶莹洁白,于是小说就以"怎样死去容颜最美丽?"这句问话开头。

冬雪,还有雪雕像,总是唤醒我心中太多的回忆。

春天快来吧

二月已经过半,可天气依然寒冷。

不,据说二月本来就是一年当中最冷的月份,所以天寒地冻本也是理所当然。

但是,二月过了"节分"① 就迎来立春,还有"情人节",所以人们自然会期待天气转暖。

或许如今仍沿用旧历中表示季节的二十四节气这件事还真是个问题。

如此说来,某些人感到异常寒冷是因为上了年纪吗?

常理来说,人随着年龄增长血液循环就会变差。这一点似

---

① 日本人将春分前一日称作"节分",并举行庆祝活动。

乎毫无疑问。

当然，关于这一点，我还没见过详细的统计数据。究竟是血液循环自身变得迟缓？还是心脏每次搏出的血液量减少？有没有其他要因呢？

如果确实是上述原因之一的话，那么有没有改善血液循环的方法呢？我希望相关方面能对此进行医学研究。

不过，如果有谁说研究老年人为何怕冷没多大意义的话，那我也无可奈何。

总而言之，还是年轻人比较耐寒。

今天这么冷，可在我居住的涩谷街上，还有穿长袜短裤的年轻女子精神抖擞地昂首阔步。

而且竟有不穿袜子的女学生，她们虽然嘴上说"好冷、好冷"，可看上去精神相当愉快。

虽然有的母亲提醒这样的女孩"着凉就生不了孩子啦"，但女孩还是照常生娃当妈。所以，母亲的担心纯属杞人忧天。

事实上，青春期与成年后的身体状况根本不同，因此以同样标准来要求或许并不合理。

这时，我想起自己年轻时也很耐寒。

当时我还住在札幌，但从未对冬季产生过厌恶感。

是的,因为冬季天冷就能滑雪滑冰,所以反倒特别高兴。

在札幌,每年从十一月中旬就开始下雪,但我依然光脚穿木屐上学。

我的理由很简单,因为这样显得特别硬汉、酷帅。不过,我的双脚也因此变成了扁平足。

那些年,即使是在札幌市内,冬天下雪也会埋没一楼的窗户。因此,我在节假日常常跟父亲一起上屋顶铲雪。

不过,上屋顶铲雪也很好玩。到了午休时,我就从屋顶直接跳下去。那样也只是陷在积雪中,不会受伤。

特别是札幌会下粉雪,几乎完全没有湿度。因此下雪时也不用撑伞,落在头上和肩上的雪粒用手轻轻一掸即落。

冬天札幌的气温最低为零下10度左右,有时也会降到零下20度。但可能因为我还是小学生,所以并没有"好冷啊"的印象。

不,虽然也感到冷却根本不在乎——或许这样说才准确。

不过,有一次去旭川时,我体验到了零下30度的酷寒。

由于那一带是北海道的内陆盆地,因此格外天寒地冻。尤其是在早上,起床去厕所时浑身简直都要冻僵了。

睡在旁边的父亲因为呼气胡须上还结了白霜,令我十分惊讶。

如此天寒地冻,有些家伙居然特意跑到屋外去小便!

雪地上浇了尿液的地方自然会变成黄色。我还尝试过到底能浇出多大多深的黄色孔洞。

有小伙伴说,如果在最冷时这样做的话尿就会冻住,在雪地与小鸡鸡之间形成黄色的冰弧圈。这当然是无稽之谈。

如此说来,东京确实是一座得天独厚的城市。

尽管人们都说冷,但东京与其他城市相比却相当暖和,最低气温几乎从未降至零下。

而且日照也很充足。

特别是在最冷的隆冬季节,西高东低的气压分布态势为这里带来经常性的晴天,确实值得庆幸。

与此相比,新潟和秋田等日本海沿岸地区则多现冷雨暴雪,给生活带来极大困扰。

在天气预报中会介绍世界各地的气象信息,从中也能看出东京的得天独厚。

在世界各国的首都中,近邻的北京就相当寒冷,韩国的首尔冬季也是天寒地冻。

我们再把视线移向欧洲。伦敦和柏林都很冷,至于莫斯科,仅仅想象一下都会浑身打冷战。

而巴黎的冬季也往往是阴沉的天空持续多日,不会有像东京这样的晴空万里。

当然,欧洲虽然纬度较高,但在暖流影响下温暖舒适。尽管如此,冬季仍然阴冷难熬。

那么,到了罗马会更加温暖。但随之而来的是看不到分明的四季。

然后再去北美大陆看看,冬季的华盛顿与纽约同样相当寒冷。这个冬季也是连续多日大雪纷飞,据说甚至影响到白宫的正常运作。所以,那里的冬季也不好过。

如此看来,还是东京这个地方好。这里不仅四季分明,而且冬季也不那么难熬,可算得上世界数一数二的宜居首都。

在如此得天独厚的地方生活,再嫌冬天寒冷或许太过奢侈。

总而言之,到真正的春天还得等一个月。眼下梅花都已开始绽放,再忍耐忍耐吧!

关于离婚

最近,我读了某位女作家的小说。以此为契机,我对离婚状况稍作调查,发现其中隐含着意外重大的问题。

首先谈谈普通的离婚案例,以前是丈夫提出要求的占压倒性多数。

而妻子对此往往不会轻易答应,因此纠纷大都陷入泥潭长期得不到解决。

其实,我以前就认识这样一位报社记者 K 先生。当时,他叹息着告诉我,自己曾向夫人提出离婚,但没能得到同意,于是就那样分居了十多年。他还给夫人寄送了高额生活费。

不过,现如今情况似乎已完全转变。

我前不久读过的那篇小说也如此设计，提出离婚的是妻子，而丈夫却怎么都不同意分手。

从那以后，妻子对丈夫的厌恶感与日俱增。某一天，妻子突然制造了出人意料的事件。

与此相似的案例不仅出现在小说里，在现实当中也相当多见。

其实，那位女作家也不爱丈夫并离家分居。据说她丈夫硬是不同意离婚，所以她非常苦恼。

而她的情况与那位记者K先生恰恰相反，令人深感时代变化巨大。不过，那位女作家的不同之处是，她并未从丈夫那里得到生活费。

K先生的夫人是一位专职主妇，而且有孩子，因此也许需要相当数额的生活费。但是，那位女作家自己或多或少还有些收入，所以她丈夫也就不给她任何帮助了吧？

不过，她也曾感叹自己收入太少，生活相当艰难。

当然，离婚的情况也是五花八门。

首先，如果不由分说非离不可的话，那也许意外地简单。

例如，当妻子提出离婚时，她首先要离开丈夫在外分居。

据说,如果这种分居生活状态持续五六年以上,"家庭裁判所"也会向他们建议离婚。

现如今,这种分居时间好像比以前大幅缩短。而这里的问题是,当妻子带着孩子离婚时要求得到相应的生活费和分割财产该怎么办?

由于这需要经过双方同意,所以似乎不可能顺利解决。

在这种情况下,最容易得到法院认可的分手理由就是丈夫出轨的事实和家庭暴力。

如果具有其中之一的话,那么法院也比较容易认可,妻子离婚时就能得到相应的钱财。

但是,在现实当中要想掌握丈夫出轨的事实,就必须雇用所谓私家侦探。据说,这需要相当高额的费用,而且未必就能轻易得到确凿的证据。

与此相比,如果发生了家庭暴力,就可以立刻去医院请医生观察并开具诊断书。这样或许更便于提供书面证据。

当然,实际上也有人勉强达到了目的。但是,依照当今的民法,虽然能对暴力事实予以判定,但涉及其他方面时态度就会变得暧昧不清。

假设这里有一位丈夫,他既没出轨也没向妻子施暴,给人特别稳重温厚的印象。

但是,妻子就是不喜欢他,而且只要待在一起心中就会充满憎恶感。

坦白地讲,以当今的民法很难帮妻子从这种状态中解脱。

事实上,据说如果仅以"厌恶"为由提出离婚,调停员就会说"你太任性了"。而且,据说如果妻子拒绝每晚都要求性生活的丈夫,还会遭人嘲笑"你太奢侈了"。

当我知道在现实中有如此之多的纠葛时,再次发现一个事实——日本的法律全都由男性制定。

换句话说,在制定六法①时,并未照顾到女性的看法和感受。

正因如此,才会造成"丈夫既不出轨也不施暴,频繁要求性生活有何不妥"的男人逻辑占据了优势。

但是,女性往往一旦心生厌恶就很难回心转意。

我曾在某篇文章中写过被迫与妻子分居的男子的情况,那位妻子的理由就是"无法与你呼吸同样的空气"。这种感受就来自女性的洁癖,男性永远不可能理解。

---

① 六法,宪法、民法、商法、刑法、民事诉讼法、刑事诉讼法等六部基础法律。

可是，民法当然不会照顾到这方面的情况。

那么，近来又出现了新情况，即"虽无不忠及家暴等明确理由，但因语言暴力等无形迫害失去感情而提出离婚"。

这种情况的原因也是复杂多样，目前好像都被称作"精神暴力"。

总而言之，这是指丈夫对妻子施加的精神骚扰。据说，现如今这已成为妻子提出离婚要求的重要理由。

但是，现行民法在多大程度上照顾到这个方面了呢？能否据此认可相应的育儿经费和财产分割的要求呢？据说，现状表明这很难做到。

看来，民法也是时候顺应时代发展顾及女性的诉求了。

男女同班好吗?

据说,现如今美国的学校男女分班正在增加。

男女平等的发达国家怎么会这样——心生疑问的人想必不在少数。这种倾向确实令人颇感兴趣。

几年前曾有一则新闻报道,在1995年,全美的公立中小学校中仅有3所采用男女分班教学,而今年则已达到了250所,并仍有增加的趋势。

特别是在东洛杉矶地区建校的"公立学院"里,正在以六年级学生为对象尝试男女分班教学。该校将他们分为男生班、女生班和男女生混合班,对其进行相同课程的教学,并对比学习成绩。

虽然最后结果不得而知,但该校的帕特里夏·摩拉校长表示已初见成效:"尤其是只有男生的班级,已能感受到积极的影响。这个年龄段的男孩特别介意女孩的存在,所以在没有女生的男生班就不必为失误而难为情。"

而且,据说美国还进一步修改公立教育的指导方针,积极支持此前原则上不予认可的男女分班教学。

另外,据提倡男女分班的民间组织"美国单一性别公共教育协会"称,由于脑科学的进步,研究者发现男孩与女孩的学习机制有所不同。这项研究成果表明,男孩适合在充满竞争的集团性环境中学习,而女孩则是在平和的、人数较少或单独的环境中学习效率较高。

当然,也有人对此提出了反对意见。在美国公民自由联盟中有人批评"这种做法灌输了关于性别的固有错误观念",主要是自由派发出了反对的呼声。

那么,与上述情况相比,日本怎么样呢?

如今日本的现状是,所有的教育机构都采用男女同班的形式。

这样好还是不好,很难立即做出判定。不过,根据我自己的经历，还是觉得"男女同班没什么不好"。

在我上小学五六年级时，日本开始实行男女同班。而在男生中都有"学习成绩决不能输给女生"的强烈意识。

但是，这个年龄段的女孩身高变化明显，有好几个女生个头比同班男生都高。

而且，女孩在行为举止方面比男孩更沉稳、早熟——这种现象也很明显。

后来，我进入了只有男生的初中和高中。但是，在高中二年级时突然实行了男女同班，令我大为困惑。

男孩在性兴趣最强烈的年龄段忽然有同龄女孩来到身边，便不可能做到时刻保持定力。

虽然我决心在学习方面努力表现得更加优秀，但周围女孩的声音和活动，以及从水兵服里露出的白色内衣和裙摆下舒展的双腿总在脑海里出现，无论如何挥之不去。

总而言之，如果附近有女孩在，我根本无法静心学习。

过了不久，我受到J子同学的引诱很快坠入情网。但不可思议的是，我并没有与她发生性行为的愿望。不知是害怕关系发展过深还是没有自信，反正觉得只要两人能在一起就十分快乐了。

如此这般,高中时代的男女同班又怎样呢?

坦白地讲,这对提高学习能力来说效果不佳。但是,这样却有助于男女生相互自然接触轻松交谈,甚至可以说在这方面效果很好。

而且,在毕业后久别重聚时,如果有女同学加入的话,确实还会更加欢快热闹。

那么,从整体来讲男女同班究竟是好还是不好呢?

我自己曾在不同年龄段经历过男女同班和男女分班,可以明确地讲,男女同班未必能提高学习成绩。

男生虽说都不想在女生面前丢丑,但也未必绝对都会因此而发奋努力学习。

这里还有另一个背景:就算学习成绩优秀,也未必能得到女孩的关注。相比之下,那种擅长体育项目或别具风趣个性的男孩往往更受女孩欢迎。

毋庸置疑,女孩好感的倾向性也会对男孩产生微妙的影响。

特别是在这些年龄段,如果男孩与女孩的学习成绩基本相同则暂且不论。但如果相差很远,男孩虽然嘴上不说,却可能留下"连女孩都不如"的强烈自卑感且伴随终生。

不过,还有比此影响更大的方面。在这些年龄段,女孩的身体和心理都会先一步发育成熟,而男孩却远未长大。

这种差异摆在男孩面前,久而久之就会加速产生其对于女性的自卑感。

如此这般,男孩可能最终自认比不过女孩而变得更加内向。

现如今能看到很多不擅交际的男性,他们只能封闭在个人的蜗壳中。而且包括所谓"草食系"男子,那些从不主动接近女性的男性也多属于这种类型。

如此看来,从剥夺男性自信的角度上讲,我认为男女同班问题相当多。各位读者的看法如何?

不必报道东大录取生

每年一到这个季节,总有那么两三种杂志登出令人不快的报道。

例如,被东大等名牌大学录取考生的出身高中排名。

这种报道真有必要吗?或者说重要到必须堂而皇之地登在周刊上吗?

在今天(2010年3月25日)的报纸上,也赫然转载了几种杂志的宣传报道。

首先,在A杂志上就有"本杂志引以为豪的速查一览表""大学录取生出身高中排名"。而且,除了东大、京大[①],还

---

① 东大,东京大学;京大,京都大学。

有北海道大学、东北大学、名古屋大学、大阪大学、九州大学等，旧帝大系统[①]的校名赫然其上。

接下来还有"前后期合计速报决定版！科类、学部、应届或复读等信息详细到个人"的报道。

另一方面，在M杂志上也有"录取生出身高中排名前后期最终版——东大·京大"，同时还有"东大入学考试后期入围者最多的高中为开成高中、滩高中、东大寺学园、拉萨尔高中"。接下来是国立旧帝大其他学校，以及一桥大学、东京工业大学、筑波大学、电通大学、东京外国语大学、横滨国立大学等等。

更令我惊讶的是，周刊上居然还有"东大224名录取生实名问卷调查"的结果，让受访者介绍自己成功的秘诀并面向全日本直言。

周刊都应拥有各自的品位，究竟有无必要大规模登载这类报道呢？

看到这类报道，人们很容易怀疑这是在搞大学差别歧视。

如此注重东京大学，并大肆报道录取生的出身高中，显然是在搞大学差别化，同时也是在搞高中差别化。

[①]旧帝大系统，明治维新至二战结束期间，日本在其本土和殖民地的中心城市建立的象征国家最高荣誉，具有帝国主义色彩的九所国立大学的统称。其中有七所位于日本本土，即前述七所大学。

而且,在报道中还列出了同比增减的人数!

这样就等于在说只有东大录取生是超学霸,而其他的都是学渣。

如果说各周刊这是在亲自助长歧视之风,恐怕也无法否认吧?

那么,为什么登载这类报道的都是与大型报社有关的周刊呢?是不是与报社相关的周刊比较容易进行这类取材呢?

但是,因为合格者都已向社会公布,所以我想不太可能。如此看来,那就是登载这类报道也能提高杂志的销量吧。

如果真是这样,那么其他杂志也可以竞相报道。但实际上并没有其他杂志参与,所以看来这些周刊只是承袭了以前的做法而已。

总而言之,这类报道只能给多数人造成分等级歧视的印象。

首先,没考上大学的落榜生会产生强烈反感,并产生自我否定的心理:"我没上过大学,根本拼不过东大毕业的家伙!"

而没能考上一流大学的录取生看到此类报道也许会心生失望:"他们根本没把我们放在眼里!"并由此丧失自信。

与此相反,得到报道的各高中和录取生们也许自信心愈发强烈。

然而,他们本只是在校学习成绩稍好并考上东大而已,却因此类报道产生了功成名就的错觉。

如果大学毕业后直接步入仕途,恐怕容易变成自命不凡、缺乏社会经验的庸官吧?

不仅如此,当录取生的名字被登在杂志上时,他们的家属也许比本人还欣喜若狂,并向众人夸耀。

他们可能会拿着杂志到处让人看,并自豪地说:"我家孩子成功考上了东大……"

也许我这纯属多嘴多舌,但只是想象一下就心生厌恶。

我想再次强调,这类报道仅把少数学霸捧到天上,却让其他多数考生狼狈不堪。从这个意义上讲,只能助长歧视之风。

事实上,在我身边也有人每年春季一看到此类报道就不胜其烦。

他目前经营与广告相关的公司,还说自己上高中时家里很穷,没能考上一流大学。

据说,实际上现如今能否考上一流大学,家庭富裕程度起着决定性的作用。因为要想进入一流的补习班和预科也需要高额费用,而家境贫寒的孩子根本没有这种条件。

可就在这种时候,某些周刊居然如此大张旗鼓地进行此类报道!

这些周刊的母体都是大型报社,那里平时当然都在针对世界和国家的各种社会问题进行报道和评述,强烈呼吁消除歧视之风。

此外,这些媒体还针对高官的庸碌无为和空降任职进行过尖锐的批评。而就在上一期周刊中也评论过同样的问题。

明明还有很多观点尖锐、内容充实的报道,可某周刊为什么还要刻意大张声势地登出专门追捧一流大学的文章呢?

如果有人想了解一流大学录取率高的高中和辅导班,他们完全可以自己去做调查。而相关宣传活动也应由那些高中和辅导班自主进行。

周刊完全没必要专门为其鸣锣开道吧?

顺带一提,本杂志(《周刊新潮》)和其他出版社旗下的周刊都没登载过这类报道。

我倒也并非因此而为本杂志写稿。

只是对于每年春季都要像报道重大事件般列出东大录取生及其出身高中的名字这件事,我心怀强烈的疑问。

寒冷的轻井泽

四月(2010年)中旬,我应某电视台委托去轻井泽取材。不巧的是,这一天降下了时隔四十一年的春雪。

总而言之,出行那天日子不好。

此前我曾去过轻井泽多次,但几乎都是在夏季。

偶尔在五月和十月去过,也都是风和日丽的好天气。

可是,这次都到四月中旬了,气温却还在1摄氏度。

在我抵达轻井泽后前往小诸城时,天空飘下雪花。

听天气预报说近期会降温,而现在围上围巾、立起大衣领还是感到冷,甚至想戴手套。

这种情况与藤村①著名诗句"小诸古城边,悠悠白云飘。游子悲切切,乡愁何时了"的意境相差太远。此时的我简直就是"小诸古城边,纷纷白雪飘。游子哆嗦嗦,暖春何时到"的心态。

后来,我从小诸古城返回轻井泽,只见浓雾已将街道完全罩裹起来。

反正当时就是云深雾浓的状态,汽车也小心翼翼地缓慢行驶。

所谓的商业街中心——轻井泽银座也被浓雾笼罩,只能看到稀稀落落几个人影。

往年到此时樱花已开始绽放,可现在却还是簇簇花蕾,在料峭春寒中畏畏缩缩。

如此说来,我好像以前只了解季节适宜的轻井泽。

每次都是在酷热难耐的盛夏,从东京逃到轻井泽来避暑。

总而言之,只要来这里就像到了另一个世界。天穹高远,林间凉风清爽宜人,往来游客也都显得轻松愉快。

来这里确实能饱享避暑胜地的清凉爽快,但别忘了那是在炎炎夏季。

---

① 岛崎藤村(1872—1943),日本诗人、小说家。

我早已忘记轻井泽也有冬季了。

这就是常住轻井泽的人们与只来避暑的游客的根本不同。如此看来,游客是真的不了解当地风土。

不,应该说是不可能了解吧?

提起轻井泽就说那里凉爽宜人、适合度夏的,都是只去避暑的游客。

其实,轻井泽还有冷风袭人的凉秋,瑟瑟颤抖的寒冬,天气多变的暮春。

虽然轻井泽的四季变化各具妙趣,但同时也会带来只有当地居民才知晓的严酷性。

这次我就意外地接触到这种严酷性,并茫然失措、狼狈不堪。

像这种游客体验到的意外状况,那些在轻井泽尤其多见的"别墅族"可能也曾遭遇过。

因为他们也都只是在盛夏去凉爽宜人的轻井泽避暑。

实际上,我所看到的轻井泽老街的旧别墅几乎全都关闭,看不到丝毫有人居住的迹象。

据说将此地建成别墅区的是明治时期来自加拿大的传教

士亚历山大·克罗夫特·肖。

在那么早的时代就发现了这块宝地,那位传教士的慧眼令人惊叹。不过,他肯定也是在夏季经过时发现这里适于避暑。

不管怎么讲,正因有了冬季的严寒,才会有夏季的凉爽。

如此看来,把街道罩裹得严严实实的浓雾,也应该是滋长庭院青苔、营造轻井泽老街风情的必需条件。

我此番来轻井泽也是为了走访有岛武郎曾经的别墅"净月庵"。

这位从明治时代到大正时代的作家创作了《诞生的苦恼》《一个女人》等作品,最后就在这轻井泽的别墅里与《妇人公论》杂志的女记者波多野秋子殉情自杀了。

当时,有岛武郎才45岁。他在文学创作和思想等方面找不到突破口,还遭到波多野秋子的丈夫强索高额赔偿,因此决意自杀。

波多野秋子是一位美女记者,芥川龙之介也对其心存好感。而当时的通奸罪只适用于妻子触犯的场合。

有岛与波多野两人在6月8日来到这座别墅过夜。有岛在留下的遗书中写道:"这光景倒也堪称悲壮,但其实我们如同正在嬉闹的幼童。直到这个瞬间我都不曾意识到,在爱情面前死亡竟如此无力。"

就这样,到了第二天,他们在客厅顶梁悬下绳索套在颈间,一同蹬倒椅子殉情而死。

在此后的一个月间无人来访。当他们的尸体被发现时,已经因为初夏温湿的空气而腐烂。据说,他们的尸体就像两道蛆虫的瀑布。

我第一次造访净月庵是在十四五年前,当时还保留着两人殉情的那间客厅。

我的小说《失乐园》中最后的场面,正是在看到这间客厅时构思出来的。

我本想重温上次来访时的感受,而净月庵的氛围却已完全改变。

据说,这里虽然仍是两人殉情的客厅,却早已从日式改成了洋式。墙上开着宽敞的窗户,十分明亮,屋内中央摆着大大的长桌,访客可以在这里喝咖啡。

这样能叫资料馆吗?这座建筑使我接触到比冬季的轻井泽更加冷冽的违和感。

门外汉的经济论(一)

迄今为止,我从未学过经济学这东西。坦白地讲,我对经济一无所知,或者说就是个门外汉。

作为门外汉的我现在要讲经济论,或许很多人都会惊讶不已。但请大家谅解我的无知无畏。

据说,现如今(2009年)的日本,还有世界,正处于百年不遇的大萧条之中。

这一点,从各种企业的现状即可明显看出。那么,为什么会遭受如此严重萧条的袭击呢?

尤其是据说在此次萧条中处境最严峻的就是汽车业和家电业。但这也应该能做到某种程度的预判吧?

可能有人觉得我是外行而没资格说这种话。但在很久以前我就有这种预感。

说起来，其实理由极为简单。

经济建立在需要与供给的基础上。这一点哪怕不具备经济学入门知识也能明白。我认为在汽车业和家电业中，这种基本结构在很久以前就已失衡。

先说说汽车。现如今出厂上市的汽车，只要使用得当就能维持十年到二十年，大都不会轻易用坏。

此外，像电冰箱等家电产品，正常情况下使用十年也没问题。

既然工厂能设计制造如此坚固耐用的优质产品，那就显然不可能相应地增加新的需求。既然没有新的需求，当然会造成供给过剩，从而打破供需平衡。

如此简单的逻辑关系，业界人士为什么没注意到呢？不，也许早已注意到了，只是一直视若无睹而已吧？

就拿汽车来说，以前的汽车很容易出故障，而且操作起来相当麻烦。

在距今五十年前，我曾买过一台破旧的雷诺牌轿车。到了冬天气温稍低就发动不起来，而且轮胎常常跑气，还动不动就漏油，实在太不省心。

在当时，这样的破车也能用来向女孩炫耀，她们看到都会两眼放光地说"好棒哦"并很想坐车玩玩。所以，这是追女孩最有效的手段。

从那以后，每年都有性能更好、款式更漂亮的新车出现。我倒是换过不少车型，但目前一直在用丰田的卡罗拉。虽然车龄已经八年，但我目前毫无换车的欲望。

因为这款车既不出故障，车身大小又适合在东京都内行驶，所以根本没必要换车。

不过，如果现在制造出既能在普通车道上行驶又能在拥堵时升空飞行的车型，我也许就会去旧换新。

另外，我的电冰箱也还是十年前买的那台。而电视机虽然在三年前换成了液晶屏新产品，但今后只要没有划时代的新电视机，我可能不会再换。

当然，这种倾向不仅限于汽车业和家电业。

近年来制造技术日臻精巧，服装等制品也是只要买上一件就不会轻易磨损，可以穿用很久。

于是，这个业界的制造商每年都会将产品款式和配色稍作改变，然后声称这是本年新潮时尚并进行推销。

消费者之所以也会信以为真地购买,就是因为服装比汽车和家电产品便宜得多。

长期以来,汽车和电器产品就是这样以不断创新款式、提高性能扩大销售。

但是,近年来之所以产品改款幅度不大却依然畅销,是因为还可以在俄罗斯、中国以及其他发展中国家这些尚未研发新款的市场销售。

其结果,出口超过内需成为主流,并已养成依赖性。

但是,现如今这些国家的市场也已饱和,有能力买车的人都已买过,而想买新车的人尚未出现。

紧接着就是此番萧条来袭。

总而言之,以前的市场繁荣并非供需两旺的结果,而是通过开拓新市场获得,因此路到尽头就是萧条。

那么,从今往后又该怎样促使这些行业持续景气发展向好呢?

简单说来,只有研发性能更高、款式超新的产品才能刺激新的需求吧?

从这个意义上讲,低油耗高性能的混动车型竞争力较强。

但仅仅这点魅力尚显不足。

很多消费者都十分珍惜现有爱车,而这台车又足够经久耐用,所以车主不会轻易换新。

如此这般,需求在一路下降,而新的购买力尚未形成,所以这个行业当然会每况愈下、山穷水尽——这种因果关系太显而易见。

为此,经营者本应早做预判并从十年前着手调整生产发展方向,可实际上却是照旧增产!

我对此实在是百思不得其解。

门外汉的经济论(二)

这回接着谈"门外汉的经济论"。本文将分别对文化艺术各领域的经济问题进行思考。

首先谈谈艺术,具体来讲就是美术世界里发生的变化。在银座曾有很多画廊,而近来却明显减少。

这是为什么呢?原因很简单——绘画作品卖不出去了。

实际上,我也认识几位画家。虽然他们实力雄厚,但无奈画作销路不佳,因此总是唉声叹气地说家里有不少积压品。

为什么现在画作不好卖了呢?其原因很简单或者说很单纯。

现如今在东京住公寓的人很多。而在这种户型中,可供装饰画作的墙面实在有限。

有家画廊名叫"一幅画·银座美术馆",曾经繁极一时。不过,当时正值家庭加速细分化,而且居民都住进独楼小院,导致室内装潢需求猛增。除此之外,大型写字楼如雨后春笋般建起,很多入驻公司也需要装饰画。

于是,绘画作品呈现爆炸式热销态势。不过,在热到某种程度之后,销量涨势就戛然而止。

总而言之,是因为墙面已挂满装饰画,再无多余空间。

除此之外,画品滞销的最大原因就是这类制品不易旧损。

明治、大正时代自不必说,就连历经二百年到三百年的画作也几乎不会褪色,仍保持着鲜亮的色泽。

再加上凡·高和马蒂斯等近现代著名画家的作品也保存得完好如初,并可以在市场上流通,所以新绘画作品的销路就越来越窄了。

雕刻作品以及各种陶艺作品也是同样遭遇。

特别是因为越昂贵的陶艺作品就保管得越仔细谨慎,所以不会轻易损坏。而且,陶艺作品年代越久越受欢迎,所以新陶艺作品的需求当然不会增长。

那么,文学和小说的世界又如何呢?

由于我的职业与此领域直接相关,所以对这个问题尤为关注。幸运的是,文学作品远比绘画作品过时更快。

实际上,明治年间和大正年间的作品读者极少。由于作品的时代背景很难切身体会,所以读之需要注释的帮助。

例如,在昭和时代初期的书中会出现"我家阿姐……"的说法。那么"阿姐"是什么意思呢?如果解释说"就是女佣",恐怕年轻人也无从想象。如果解释说"就是帮做家务的小阿姨",也许多少还能明白些。但是,当时的女佣形象和生活实感恐怕就体会不到了吧?

另外,在战争时期的作品中有像"从对面走来了宪兵少尉"这样的表述,那么"宪兵"是什么?这句话会带来什么样的紧张感?大多数人都可能想象不到吧。

虽说"描写人间真实的名著能流传千年",可那也都必须依靠详细的注释。例如《源氏物语》,没有注释就很难看懂。

如此这般,小说之所以很容易过时,就是因为各个年代所描述的人物、生活和风俗都会随时代发展而变化。

总而言之,可以说因为当代人很难读懂古代小说,所以我们这些新作家就得以幸存和维持生活。

如此说来，对这种供需关系感觉最迟钝或者说最不活泛的就是音乐的古典世界，而且也许就是作曲门类。

由于古典音乐属于仅以耳朵聆听的最简单纯粹的门类，所以能超越国家和语言的界限，具有世界共通、易于理解的利处。

因此，在这个世界里还保留着巴赫、莫扎特、贝多芬等生活在二百年以前的音乐家的作品，现如今依然堂堂正正地称雄乐坛令无数人迷醉而永不过时。

或许正因有太多人感慨"真不愧是古典"，所以现如今想在古典乐作曲的世界中生存近乎不可能。

与此相反，在古典乐界仍有少量需求的就是钢琴和小提琴等演奏家。由于乐手在上年纪后体力和技能都会衰减，而且终究会去世，所以需要下一代人替补。

与古典乐相比，新音乐和流行歌等门类是欣欣向荣、异彩纷呈。

那位小室哲哉先生能赚得巨额财富，全都得益于身处昙花一现式新音乐的世界。

如果他选择了古典音乐的道路，肯定不会那么快暴富，也不会发生那种事件。

如此看来，即使是艺术和文化的门类，要想生活在因旧作品不轻易消失而新需求难以产生的世界里，也会是难上加难。

不过，由于每个人都会衰老并最终死亡，所以还是需要新的人才。

如果今后研制出长生不老药的话，就可能有人满不在乎地活几百岁。那样一来，也许会给后来出生的人带来沉重压力。

每个人都会寿终命尽，这实属天理。因此，如果人类社会的供需平衡被打破的话，也许人类本身不久就会走向灭绝。

参演《欢迎前辈》侧记(一)

今年(2010)春天,我去了一趟札幌市的幌西小学校。

那里是我的母校。我于昭和 21 年(1946)小学毕业,所以这是时隔六十四年重返母校。

我为什么要在半个多世纪后重访自己毕业的小学校呢?

因为我要参演NHK每周日早上播放的栏目《课外授业·欢迎前辈》。

当初接到委托时还迟疑不决,我这把老骨头参演那种节目还有意思吗?但是,我的事务所工作人员催促说:"很有意思哦!去试试吧!"我就决定去了。

接下来就该考虑讲什么主题。由于对象是小学六年级学生,于是我把主题定为"用文章来表达自己"。

近些年来,孩子们的口头表达能力暂且不论,写作能力似乎较弱。听说,很多孩子在被要求"写点儿什么"时都会表现出畏难情绪。

但是,写作能力无论到何时都十分重要。就算口头已能表达,但若不能写成文章,就无法向更多人传达自己的心情。

好啦,就让我来告诉他们这个诀窍吧!

因为我多年来一直在写小说,所以应该能胜任。

我就是怀着这样的想法接受了邀请。

可是,阔别六十多年的母校已完全看不到当时的风貌了。

原先的木结构校舍已被钢混建筑取代,校园也比当年向北拓展得更大。

而且走廊也更宽,来往的学生们都面带爽朗,着装也相当讲究。

一切都变了——我心怀无限感慨站在讲台上,只见学生们既紧张又兴趣盎然地朝这边张望。

对、对,就是这种感觉!略带戒心地察言观色。只要学生们露出这种强烈好奇的表情,这堂课就有把握成功。

用文章表现——要想让学生掌握这项本领,首要的就是让他们相信"只要努力就能做到"。

虽然有很多人认定文章写作很难,但其实极为简单。

我先让学生用五(音节)、七(音节)、五(音节)三个短句来表现。

啊?俳句啊!这不是更难了吗?也许有不少人会这样想。但是,日语的短句几乎都能用五音节或七音节构成。

而且,如果首先写好最后那个五音节的结句,难度就会小很多。

在课堂上,我让学生把结句仅限于"ありがとう"(谢谢)和"うれしいな"(高兴啊)这两种。先以自己周围的例如妈妈和家人为主题写起,进一步还可以描述自己最近经历过的事情。

学生们果然完成得不错,在短短的时间内就写出了俳句的"山"或者说文章。

我在此介绍其中一部分:

亲爱的奶奶,那天又送我电游,真心谢谢您。

我肚子很饿,如果现在就送饭,别提多高兴。

即将上初一,希望板凳转正规,该会多高兴。

这下别说是一人一首,有的孩子甚至写出三首五首,还有的写了近十首。这真让我吃惊不小。

总而言之,孩子的大脑既纯真又灵活,只要鼓起勇气很快就能学会。

于是,我让他们进一步挑战创作较为正规的俳句。

这时,只要拟定结句也不会太难,我就选了"冰雪已消融"和"春天已来临"作为最后一句。

结果,他们很快写出了以下俳句:

推窗看美景,习习拂面迎春风,冰雪已消融。

即将上初中,忐忑不安心难平,春天已来临。

在写作这些诗文时,最重要的就是如实地表达自己的心境。

在这里,完全不需要任何矫揉造作和装腔作势。

这是写出好文章的原点。

例如,在第一批作文中就有这样一首"俳句":

爸爸总在忙,要能抽空陪我玩,该会多高兴。

在这首"俳句"中,显然包含着对很少陪自己玩的父亲撒娇和埋怨的情绪。

父亲很忙倒也并非不能理解,但偶尔也该陪孩子一起玩玩——这就是作者的诉求。

在肯定父亲工作忙的前提下表达自己的愿望,这样写就进一步增加了深度和广度。

这也是因为作者坦率地表达了自己的心声,无需顾忌这种话不能对父亲说或如果说了就会遭到训斥。

坦诚地面对自己进行写作,就能使"五七五"的短文更加生动,并紧紧抓住读者的心。

第一天的授课到此结束,而我再次强调的就是"坦诚地面对自己进行写作"。

如能做到这一点,就等于向作家迈出了第一步。

"大家写得都不错,多多练习就会大有收获。"

听到我的鼓励,学生们都显得自信满满。

最后我还留了家庭作业,让学生以自己的父母和家人为主题写一篇稍长的作文。

参演《欢迎前辈》侧记(二)

儿童的大脑是才能的宝库。

各种各样的才能就沉睡在他们的大脑中。成年人的大脑几乎都已发育完全,但儿童的大脑则潜藏着无限的可能性。

这里所说的是从小学到初中这个年龄段的儿童。看到这个年龄段的儿童,就应该考虑发掘他大脑中潜藏的哪种才能。

常听说这个人有才、那个人没有,但人不能以有才无才论定。不是根据有才或无才区分,而是根据能否发掘出才能来区分。

总而言之,由于儿童的大脑灵活多才,所以如能在上初中之前发掘出其中一种,就能得到很大的发展。

实际上,过去就有"六岁始学艺"的说法,意思是如果从这个年龄开始专门学习舞蹈、三弦和演唱,长大就能才艺超群。

石川辽和福原爱在当今的日本体育界人气超旺,就是因为从小走上这条路并坚持不懈地努力,所以才能成长为那么优秀的选手。

当然,像电子计算机和网络技术的世界也是一样,若能从小学开始进行专项训练,长大自然能成为顶尖人才。

不过,这里有个问题就是能否持之以恒。也就是说,能不能从小到大坚持不懈地专门习练某种技能？会不会中途放弃而转到其他兴趣爱好上去？

总而言之,就是看能不能乐此不疲地长期坚持钻研。这是能否登峰造极成大器的决定性因素。

这里有一点可以起到关键性作用,就是得到褒奖和鼓励。

我上初一时,国语老师是中山周三先生。

这位老师后来成为札幌市短歌杂志《原始林》的主编,当时人们都说他主张"学诗歌就要大声朗诵"的教法很独特。

由于这个原因,我现在依然能大声朗诵岛崎藤村的诗歌:

小诸古城边，悠悠白云飘。游子悲切切，乡愁何时了……

在大声朗诵这首名诗时，没必要特别在意小诸在哪个县的哪个位置、古城叫什么名字、游子是什么意思等问题。

倒不如放声朗诵，中山老师总会点着头说"这样就好，这样就好"。

总而言之，那时的国语课教学不是仅仅为了入学考试，而是为了认识日本语的美感。

因为中山老师还是诗人，所以有一段时期指导全体同学创作短歌。

他叫我们用短歌形式率真地表达自己的情怀。

当时，我发表的短歌得到中山老师的极力赞扬。

"渡边同学写的短歌相当不错，虽然没有运用太多技巧，但率真地表达了自己的情感。确实很精彩！"

我得到这么高的评价，便突然喜欢上了短歌创作。

因为我当时很单纯——不，现在也很单纯——听到夸奖就兴高采烈。而且越高兴就越感到短歌创作乐趣无穷，并深深投入其中。

虽然不免有些难为情，但我还是想在此介绍自己当时创作的几首短歌：

漫漫漆黑夜，忽而忧生存。百思不解人间事，急来唤母亲。

横幅桌前挂，慈母语谆谆。尊德画像头顶悬，陡生逆反心。

上述短歌中的"尊德"①就是指二宫金次郎。我因为受到老师夸奖而喜欢创作短歌，后来又对俳句产生了浓厚兴趣，继而萌发了写小说的志向，并从上高中时起开始阅读各种书籍。

我之所以能有现在，都是因为上学时创作诗歌得到中山老师的夸奖和鼓励。

在此次参演《欢迎前辈》中，我想跟小学生们分享的就是自己在初一时体验到的喜悦和感动。

我希望用某种方法将这种心情传达给他们，于是首先开始的是写作文。而且，要用"五七五"音节的三个短句表达对自己家人的情感。

然后，我要对他们所写的短文表示赞赏——"真不错""很

---

① 二宫尊德（1787—1856），又称二宫金次郎，日本江户时代农政家、思想家。其少年时代背着木柴读书的雕像一度遍布日本小学校园。

有趣"。

因为儿童都比较单纯,所以得到夸奖就会更加自信,并产生更强烈的求知欲望。

任何人尤其是儿童都有潜在的才能,但必须通过褒奖和鼓励进行挖掘和发挥。

可能就因为学生在这种课外教学中得到了与我同样的鼓励,所以他们很快就喜欢上了写作并进步显著。这就是因为得到褒奖而产生了自信。

而且,全班同学在不久前合写了寄语板送给我,现摘抄几条如下:

我印象最深的就是"率真地表达心中所想"这句话。

我听了渡边老师讲的课收获很大,真是难得的经历。

我以前不擅长写作,现在感觉写作不那么难了。谢谢!

我听了您的课,终于能坦率地向父母说出感谢的话了。

彩色寄语板上排列着近三十名学生的真切感言。

望着手中的寄语板,我忽然想当小学老师了。

还需要参议院吗？

在7月11日（2010年），从晚上八点钟到深夜，电视上报道了参议院选举的开票结果。我看到之后深切地认识到——不需要参议院。

耗费如此巨额经费，动员几乎全体国民参加选举，我再次感到这本身就是无用之举。

首先，日本的国会由众议院和参议院构成，这是尽人皆知的事情。

这在昭和21年（1946）公布的日本国宪法中已有明示，两院共同组成立法机关——国会。

顺带一提，众议院的额定议席为480席，任期为4年。与此相对，参议院的额定议席为242席，任期为6年。

而且，如果众议院在任期内解散则议员失去议席，但参议院在任期内则不会解散。另外，参议院实行每过3年改选半数议员的机制，而此次选举就是进行半数改选。

像这样众院任期为4年，比参院少2年，再加上众院在任期内解散的情况多有发生，所以实质性的任期要比参院短许多。

当然，在内阁总理大臣人选提名、讨论通过预算案、批准条约等方面，众院的权力优于参院。

不过，两院地位在讨论通过一般法律时有相对区别，而在讨论修改宪法时则完全对等。

以上这些都是日本国宪法中的规定，但宪法的草案却是由当时的驻日盟军总司令部提出的。

当然，在初期的草案中应该是选择了只有众院的一院制，但由于日方部分人士提出反对并强调两院制的意义，所以驻日盟军总司令部才对此作出了让步。

当时反对论者的观点是，英国议会和美国联邦议会等都是由上院和下院构成的两院制，因此日本也要向其靠拢。

但是，那些国家与日本的参众两院制明显不同。

以前日本的国会也是由贵族院和众议院构成的两院制。

日本以前也有公爵、侯爵、伯爵、子爵、男爵这样的华族制度,而贵族院就是由其中选出的人士与皇族构成。

如果日本也需要两院制的话,那么上院要像这样以远离普通民众的特殊阶层人士为中心构成才有意义。

当然,华族制度在二战结束后就已消失,取而代之的是从高额纳税者和学识渊博者中选举议员。这或许也很有意义。

例如,高额纳税者因为当前生活没什么困难,所以也许会对历来的"撒钱式预算"秉持强烈批评态度。

而且,他们对恢复景气和企业减税也会采取积极的行动。

另外,当学识渊博者成为中心时,就会针对适当的消费税率充分交换意见,或许能尽快把提高消费税率具体化。

除此之外,他们针对各种问题都会提出与平民视角不同的、从大处着眼的政策措施,并能在参众两院进行激烈的辩论。

总而言之,参众两院的成员身份有所不同,议会辩论才能达到白热化,而且政治也无疑会变得富于刺激性。

我之所以看到本届参院选举结果时就感到扫兴或者说厌烦,是因为候选人自不必说,就连当选者也几乎与众议院阵容没什么变化。

实际上，观察本届选举的当选者，民主党内的工会出身者为34%左右，而其他则有中央和地方官员经历者、地方政界出身者、媒体出身者等各占9%左右。与此相对，自民党内的地方政界出身者为37%左右，另外议员的秘书为14%左右，中央官员与公司职员各占10%左右，毫无焕然一新的感觉。

尤其是在这个阵容中有相当多的人是从众院转场而来，因为在众院选举中失败而转入参院。这样就更不可能发挥参议院的特点了。

而且，在本届选举区中1票的最大差额比为神奈川县与鸟取县之间的5.01倍。神奈川县得票69万张的民主党候选人落选，可鸟取县得票15万张的自民党候选人却成功当选。这样的结果极不合理。

另外，在本届选举中也有体育选手和演艺人士等大量明星候选。可他们果真都是凭自己的真知灼见参选的吗？

这且不论，看到媒体对于他们参选的炒作，不免让人感到就像一种求职活动。

毋庸赘言，一旦当选参议院议员，首先可以保证超过两千万日元的年收入。既然能在六年间切实得到这笔年收入，那么那些过气的体育选手和公众人物趋之若鹜也就不足为怪了。

若真如此,与其说参选是为了政治,倒不如说是为了生活更为准确吧。

不管怎样讲,真有必要投入国家巨额经费选举这种议员吗?而且,真有必要蓄养如此众多的议员吗?

现如今国家预算不足,而且大家都极力赞成分别处理,所以我认为最好首先废除参议院。

我觉得这个提案多数人都会赞成。而且,现在的参议院民主党反对势力人数众多,所以废除参议院即可一举两得。

菅先生(菅直人),下决心试试看怎么样?

修建宅民村

据某报纸报道,现如今全国的宅居者已达 70 万人。

这是最近内阁府实施调查了解到的结果。另外,据分析说,将来可能成为宅居者的"预备队"约有 150 万人,而且今后恐怕仍会持续增加。

以上调查期间为今年(2010)2 月 18 日到 28 日,对象是国内范围五千名 15 岁到 39 岁的男女居民。

据称,对宅居者群体的定义是"平时都在家,仅为个人爱好办事外出""平时都在家,会去附近的便利店""几乎不离开自己的房间"等状态持续 6 个月以上者。

另外,关于导致这种"宅居"状态的原因,"不能适应职场"

和"有病"各占23%左右,"在小学、初中、高中期间不上学"和"人际关系不融洽"各占11.9%左右,"不能适应大学"为6.8%左右,"中考和高考失败"为1.7%左右。

在宅居者群体中,男性占66%左右。以年龄区分,三十多岁者占46%为最多。

内阁府对以上数据产生了深刻的危机感,并整理编辑了指导手册下发各自治团体和学校。虽然上层似乎认为家庭、学校和地域社会必须通力合作,但采取这种措施真能解决问题吗?

由于"宅居族"根本不会响应外部的呼吁,所以即使学校和地域社会发出呼声,他们也不会立刻回应。

那么,有没有更新的、划时代的方法呢?

于是,我考虑到了修建"宅民村"。

可能会有人质疑——这是什么玩意儿?其实就是单纯由宅居族组建的村庄。

那又会有人问"在哪里修建"。我的回答是向他们提供国家和东京都所属的部分土地,例如东京湾的填筑地或公园,利用其中一部分修建这种新村。

当然,如果要修建村庄,那么仅有建设用地也没法居住。

哪怕是预制板材料也行,首先要修建人能居住的房屋或公寓,专供宅居族自由入住。

这里可以收取一定的房租,而且需要物业管理员。随着入住人数增加,或许还需增设简易餐厅和便利店等设施。

总而言之,首先要具备最起码的居住条件,然后"请各位自由入住"。

那么,这样的村庄究竟能不能吸引宅民来此聚居呢?可能有很多人都会心生疑虑。但即便都是宅居族,其实他们也并非心甘情愿宅在家里,往往都只是与普通人的生活步调或人际关系不合拍而孤独自立罢了。

他们虽然总是宅居家中,但仍希望进入友好相处的社会与大家一同工作。他们宅居只是因为一时找不到理想的场所,所以只要为他们创造适当的机会,接下来的事情应该非常简单。

如果他们得知这里有为自己建造的村舍,而且聚集了心怀同样烦恼的伙伴,毫无疑问会对这种新村渐渐产生兴趣。

而且,他们并非经济拮据,之所以天天无所事事也能维持生活,就是因为家庭相当富裕。

既然如此,家长也就可以给宅居的孩子提供一定的资金,并建议他"去宅民村看看吧"。

据说,有70%的宅居者都对家人心怀歉意。

正因如此,他们与其宅居家中遭人白眼相看,倒不如索性加入志趣相同的群体。这样一来自己心情愉快,而且不会给父母家人添麻烦。所以,他们肯定会聚集到这种"宅民村"来。

听说近年来小学生开运动会不设冠亚军名次?再没有比这更荒唐的做法了。

这样做虽然在表面取消了排名次的惯例,但实际上任何人都能看出谁跑得快。

像这样明摆着理所当然的事却藏藏掖掖,而且如果从小到大都对孩子过度保护,那他们长大以后恐怕对任何事情都难以适应。

宅居者们也是因为错过知晓世事的机会而失去适应社会能力的群体。虽然似乎不太善于与人交往,但其实可以说他们都有一颗纯真的心灵。

将这样的人才封闭在家中,任其变成"电脑宅"实在太可惜了。

倒不如让他们聚集到"宅民村"来,让这样的同类们过上群体生活。

要想摆脱宅居生活,第一步就是开始与人接触沟通。哪怕开头很难,但经过多次重复就能逐渐提高与人交往的能力,并渐渐消除厌恶见人的心理,转而变为喜欢与人打交道。

而且,如果他们产生了参加社会工作的意愿,就会有需要年轻劳动力的招聘者聚集而来,"宅民村"也会呈现勃勃生气,以后还会有更多的宅居者汇聚此地。

发展到这种状态就大有希望。宅居癖得到矫正,城镇也焕发了生机。这可是一举两得的好事。我希望尽快修建"宅民村"。

死刑犯捐献器官

8月10日(2010年),在器官移植法修改之后,首次在只经过家属同意的情况下提供了脑死亡者的器官。

这确实堪称器官移植史上划时代的壮举。

在此之前,接受脑死亡者提供器官必须具备事先征得供者本人同意的书面证明。

但是,根据最近修改过的"器官移植法",即使不具备供者本人的相关证明,只要得到家属应允也可进行器官移植。

8月10日的器官移植是在相关法案修改后首次提供器官,供者是二十多岁的男性。

他因遭遇交通事故受外伤而失去意识。虽经两次诊断都判定为脑死亡,但并没有本人同意捐赠器官的书面证明。

不过,因本人生前曾向家属口头表明"如遇不测可以捐献器官",所以家属也同意提供。

于是,在10日早上实施了器官摘取手术。供者的心脏送至大阪吹田市的国立循环器官疾病研究中心,肺脏送至冈山大学附属医院,肝脏送至东京大学附属医院,一个肾脏送至群马大学附属医院,另一个肾脏和胰脏送至爱知的藤田保健卫生大学附属医院,并被移植到相应的患者身上。据说,这几例手术结果都很好。

实施心脏移植的国立循环器官疾病研究中心的友池仁畅院长表示:"我向做出捐献器官决断的供者家属深表谢意。"

而接受器官移植的患者得知供者的情况后,也能充分体恤家属的悲痛心情:"我向家属表示深切的慰问。"

报纸和电视等媒体对以上情况做过大量报道,所以想必很多人都已了解。

不过,我并非因此而想在这里谈论未经本人同意的器官移植,以及这样是否可行。

我作为曾对日本首例心脏移植手术(和田教授主持)进行

调研并参与其中的医师,认为此次移植法修改堪称划时代的壮举,并表示完全赞成。

这样一来,那些必须通过器官移植手术进行治疗的众多患者无疑将得到救治。

在这里我有个提案——对死刑犯也应征询捐献器官的意愿。

或许有人会惊讶地问——你怎么提出如此离奇的建议?不过,碰巧前不久曾有过千叶景子法务大臣在现场见证某死刑犯被执行的报道并引起热议。

我无意在此谈论大臣行动的是非对错,而首先关注的是那个死刑犯的器官将会被怎样处置。

当然,死刑犯在台上被人为地绞杀之后,遗体一般都会被送去火化吧?

若说这是理所当然的处置倒也确实如此,但如果换一种思路来看,这种做法不仅极端冷酷,而且未免过于可惜。

因为即使是死刑犯也可能有人这样想——就这样按刑法规定在刑场迎来死亡太没意义。如果可能的话,希望把自己的器官捐献给那些急需做移植手术的患者。

虽说死刑犯都是杀过人的加害者,但其中有些人在面临死亡时或许也会希望自己还能起到帮助别人的作用。

这就是我拟定此项提案的基本思路。

当然,在死刑犯捐献器官时,还须对他们的身体状况进行仔细的检查和鉴定。

首先,岁数过大的老年人不适合做供者。

一般来讲,供者最好是年轻人。此外,还必须是没有某些疾患的健康身体。

当然,也许有的患者不愿接受死刑犯的器官。

但是,死刑犯曾做出凶暴举动,这与器官的健全性毫无关联。

而且,只要不说明这是死刑犯的器官就无人知晓。不过,即使知道也会有很多人希望得到吧?

此外还有一点最值得尝试——如果死刑犯愿作器官供者就不必采用上行刑台处死的残酷方式。

与其那样,莫不如实施全身麻醉在沉静中迎接死亡。

而且,最为可贵的是,死刑犯所捐献的器官可在更多人体内继续发挥功能,帮助那些患者与绝症作斗争。

这样一来,死刑得到执行,患者也获得了生存的勇气,还有可能孕育新的生命。

法务省是不是可以尝试向死刑犯说明这些情况,并向他们征询"愿意作器官捐献者吗"。

今生虽已犯下罪行,但或许有不少死刑犯临刑前愿为患者做善事。

另一方面,对于至今一直心怀愧疚的死刑犯家属来说,通过捐献器官也能得到相当程度的救赎吧?

千叶法务大臣[①]也别只是冷眼旁观死刑的执行,尽快推行相关内容法制化如何?

---

① 千叶景子,2009—2010年间任日本法务大臣。

几家欢喜几家愁

在8月底(2010年),我去了一趟北海道。那里似乎也受到全球暖化的各种影响。

不过,其性质与本州等地稍有不同,毕竟这里是北海道。

首先,因地球暖化而格外欢喜的是稻农。

由于北海道属于寒冷地带,所以原先并不适合种植水稻。

尤其是据说留萌市辖内的远别町是水稻种植的北限,从那里再往北就不能种稻了。

因此,就连北海道出产的清酒也被认为味道略逊于本州所产清酒。

但是,据说今年的稻米不仅喜获丰收,而且味道也是最好。

尤其是北海道出产的"梦美利可"品牌,号称日本第一。

不过,以前都说日本最好的大米是"越光",而且必须是新潟县南鱼沼出产的"越光"大米。

据说大米的四要素是味道、颜色、光泽及黏性,而"越光"在这四个方面全部占优。

然而,据说今年是"梦美利可"最好。不,不仅是今年,在去年正式"出道"前,人们就期待它能成为品牌大米,而今年更是预料它可能超过"越光"。

因为这并非我个人的意见,而是北海道农家的意见,所以希望新潟县的人们别不高兴,大家都要满怀自信地幸福生活。

原来只要米好,北海道产的清酒也会更加醇美。

因为他们告诉我对本地产品拥有绝对自信,并叫我一定要去品尝,所以我打算再去一趟。

不、不,其实只需委托对方帮我寄来即可。

据说,今年北海道除大米之外,其他所有农作物也都获得了丰收,而且味道很棒。

实际上,时间才到 8 月底,札幌本地出产的玉米就早早上市了。

往年北海道在此时吃到的玉米都是本州出产,而北海道要到9月和10月才能收获。所以,今年玉米成熟之早确属异常。

而且,这时的玉米已完全成熟,味道又香又甜。

除此之外,今年的甜瓜也非常好吃。

北海道的农家欢天喜地地说:"这也是托了地球暖化的福。"确实如此,就连"道产子"(土生土长的北海道人)都欣喜若狂。

北海道的人们确实非常欢迎地球暖化。

若说这也是托福于位置偏北长期为低温困扰未免荒唐,但这确实是北国特有的喜悦之情。

如此看来,不仅限于北海道,连北边如朝鲜、中国东北地区,甚至加拿大和俄罗斯也都该喜获丰收了吧?

总而言之,现如今几乎整个日本都变成了亚热带地区,人们大都抱怨居住环境越来越严酷难以承受,只有北海道却是既适宜居住,农作物又能大丰收!

不,据说东北地区也因地球暖化获得了相当不错的收成。

如此看来，如果那位宫泽贤治①依然健在，也许根本没必要担心北国的农家因冷害歉收了。

如此想来，由于地域不同，对地球暖化的看法也会大相径庭。

以前在日本考虑问题都以本州，特别是以关东到关西为中心，但若以札幌为中心来看的话，理解的方式则会有天差地别。

与此相同，在世界范围内，人们往往习惯于以欧洲和美国纽约为中心考虑问题。但若把中心放在加拿大或北欧的话，或许地球暖化并非坏事。

不、不，即便不那么偏北，像法国、德国甚至英国等地域，说不定会认为这种全球性的异常升温值得庆幸。

其实，如此欢迎地球暖化的北海道也有一件愁事，就是秋刀鱼减产。

目前北海道即将进入秋刀鱼捕捞季，而道东的钏路港正是中心渔港。可是，据说由于海水温度上升，出现了往年少见的减产。这种倾向甚至波及东北地方，连岩手县的宫古市也因此

---

① 宫泽贤治（1896—1933），日本诗人，童话作家。代表作有童话《银河铁道之夜》，诗歌《不畏风雨》。《不畏风雨》中有一句："冷夏时慌乱地奔走。"即表达了其对于夏天遇寒的担忧。

减产。据说，原定在此举行的秋刀鱼丰收庆典也被取消。

那么，东京目黑区的秋刀鱼节会怎样呢？我真的有些担心。不过，据说这里的商业街已千方百计地调集秋刀鱼，确保秋刀鱼节照常举办。

总而言之，虽然陆地上情况还好，可海里却混乱不堪。

这方得利那方受损，在现实当中很难两全其美。主要问题就在于气候变化过于剧烈。

无论是陆地还是海洋，倘若历经漫长岁月缓慢变化倒也无妨，然而，如果像这样过度急剧变化，人类当下的生活和生产活动恐将难以为继。

实际上，在北海道几乎从来没有人家安装空调，车内也用不着开空调降温。

但是，现在却有越来越多的人开始考虑，如果这种炎夏连年持续，就不能不装空调了。

北海道也有我的熟人，他也说过"明年就装空调"。可是，昨天通电话时他却说"天气突然变冷，不穿长袖不行了"。

据说，可能就是因为此前发生异常升温，所以天气稍凉人就受不了。

地球暖化所带来的真是几家欢喜几家愁啊！

真的是草食系吗？

前几天我又去了一趟秋叶原。

如果有人问我为什么去那里，首先要说不是买电器产品。

我不是去购物，而是去看看情趣用品店。

秋叶原以电器产品价格较低闻名国内外，如今又因情趣用品商店集中而广为人知。

而且，有的整个商厦里都是情趣用品店。

我怎么想起去那里了呢？

原因就是我想探究近来年轻人的性风俗。

于是，我直接走进情趣用品店，只见里面与以前也就是五六年前大不相同。

以前当我来到这种商店时,最醒目的就是人形玩偶,它们都有着可爱女孩的相貌。很多这种人形玩偶就摆在橱窗里。

而且,穿在这些人形玩偶身上的内衣和各种服装都夸张地奉拉着。

年轻人或大叔们也许会买这种商品。据说他们常买这种人形玩偶和内衣,在家里悄悄地玩换衣游戏。

除此之外,更令人惊讶的是那些人形玩偶说的话语。

从"请走好""您回来啦"到"我正等你呢""喜欢你""啊,真舒服"等等,人形玩偶能说出各种话语。

这些都是在现实当中男人想听而"她"却不肯轻易说的话。确实如此,虽说已经结婚,但妻子未必都会对丈夫说出这种话。

总而言之,男人就这样一边听着不可能从真身女人口中说出的话语,一边为人形玩偶换衣。

或许可以说,这是一种寄托幻想愿望的人形玩偶。

而相比之下,近来的情趣用品店则有所变化。

当然,橱柜里仍如以前那样摆着各种色情电影的碟片、兴奋剂、壮阳药。

比起以前,我此次所见最显眼的就是供男性使用的自慰器具。这类商品确实增加了许多款式,每款都十分精巧,令我非常惊讶。

例如"典雅"牌的自慰器具。

其中一款呈细长葫芦形状,表面全部涂成红色,拨开底口是充注了黏滑液体的纵向腔洞。

它的商品名称是"深颈自慰杯",广告语表示"有紧缩和深吸效果"。这款商品价格是一千多日元,若说便宜也许还算便宜。

另有一款价格高数倍,白色筒状外形乍看就像微缩的人造卫星发射塔。

将其取出并分开筒体,里面呈淡粉色,内壁布满了柔软的硅胶状物体。打开电源便可使其上下左右振动。

这款自慰器的广告语是"令人迷醉的紧裹爽滑感"。

真不知该说是令人惊讶还是意外,连自慰器具都发展到了这种地步。哦不,应该说有了显著发展。

同行的女编辑和事务所女办事员也都惊讶不已,随即忍俊不禁。

而且,这些产品还有个优点,即使将其放在书架上甚至摆在书桌上也没人能看出这是自慰器具。说不定会被当作别致的电脑配件,或是男性化妆品。总而言之,不管摆在什么位置,确实都不用担心会使人生疑。

尽管如此,自慰器具的发展脚步如此之大,真是因为这种需求在快速增长吗?

虽说自慰是年轻男性无法绕开的、必不可缺的行为,但我从未想到如今竟会如此依赖器具。

像我这样的老脑筋大叔看到此景特别生气,甚至想说一句:"那点儿事用自己的手搞搞就行了!"

依我所见,将科技进步运用到这种事上是个严重问题。

这种器具的流行,是否说明现如今的年轻人有自慰嗜好并对此相当下功夫呢?

当时在我眼前就有年轻人买了价格较高的那款。他回到家里会立刻用它的电动功能满足性欲吗?

既然如此,恐怕就不能断定现如今的男青年都是单纯不喜欢女性的草食系了吧。

倒不如说因为他们性欲极强,所以才会热衷于购买那种器具并成天重复自慰行为吧。

若真如此,那他们岂止不是草食系,甚至完全堪称肉食系了。

关于这方面的问题,我将在下回文章中做更深入的探讨。

大胆点儿，草食男

我在上回文章中谈到，将如今的男青年看成草食系实属错误。在本文中，我要更深入地探究相关原因。

"草食男"这个名称在媒体中出现是4年以前。在2006年的《日经商务在线》栏目中，曾刊登过深泽真纪的连载文章《U35[①]男子市场学图鉴》，"草食男"的名称最初就在其中出现。

后来，报纸和电视等媒体对此频繁地进行了报道。而且，这个名称在2009年末进入流行语大奖前10位，由此为更多人所熟知。

---

① U35，35岁以下。

但是,对于这个词的定义也会因人而异。例如,"原本并非与恋爱和异性无缘却不积极接近女性、欲望异常冷淡的男性","新世纪的温良男子,不像贪婪追求异性的肉食系男性",还有"心地善良、不受大男子主义束缚、不贪图恋爱、既怕伤害自己又怕伤害女性的男人"等等。

根据那篇文章中对 400 名三十多岁未婚男性进行调查的结果显示,认为"自己算是草食男"的占 61% 左右,"自己完全是草食男"的占 13% 左右。由此可知,"觉得自己是草食男"的占 74% 左右。

除此之外,据说"草食系"一般还被用作精神状态欠佳的男青年的代名词。

与此相反,好像也会将精力过度充沛的女性称作"肉食系女子"。

另外,虽与女性相伴睡觉却无任何要求的男人被称作"伴寝男子"。而混杂在女孩们中间睡觉也不会有骚扰行为的男人被叫作"混寝男子"。

那么,所谓草食系男子真的对女性毫无兴趣吗?真像人们所说的草食系那样不想接近女性、不想与女性谈情说爱并发生关系吗?

关于这一点,我向自己周围的20名年轻男性征询过真实想法。

其结果,占据总数80%的16人回答对女性有所关注,如有可能愿意发展到性爱关系。

而另外4人也回答说并非完全没有关注。

那么,他们为什么不主动挑战呢?身边就有年轻漂亮的女性,他们为什么袖手无视呢?

其最大的理由似乎就是"与女性交往很麻烦,太费工夫"。

他们还说,首先邀约女孩见面就非常不容易。而且,就算能见面也还得为去哪里、请她吃什么绞尽脑汁。

他们还说,请她吃饭当然免不了破费一番。而且,两人单独在一起时又该说些什么呢?若想亲密接触该去哪里,怎么做呢?越想越紧张,结果只好放弃。

这真是太窝囊,或者说太可惜了。那现在大叔我就教教你吧!

如果邀约成功,首先要坦诚地向对方表达自己的心情。

可以这样说:"终于能跟你单独见面,我太高兴了!""我早就喜欢你了!""今天是我最幸福的日子!"而且,这类话语要尽量多说。

另外,吃饭地点就去你经常光顾的餐馆足矣。如果囊中羞涩,那就去便宜的食堂也不会有什么不好。

关键是,你要郑重其事地表白自己对她的喜爱之情。

我说到这里,男人们居然几乎全都开始摇头!

"这种丢面子的事情我可做不出来!"

说到这里我终于明白,其实他们都是装腔作势硬充好汉。

他们似乎认定如果不能将自己表现得完美无缺,女人就不可能与自己交往,更不可能加深关系。

这简直是愚蠢透顶!想要抱得美人归,既不需要充好汉也不需要装腔作势。如果没完没了地考虑这些无聊的事情,头号目标早就溜之大吉了。

莫如先坦诚地表达自己的心情,而且不止说一次,还要反复多次表白。可能有人以为"那样做会惹对方厌烦",但比起装腔作势的男人,女人往往更喜欢坦率直爽的男人。

如果反复表白对方仍不接受的话,那就去追别的女人好了。

女人生来就是爱逃的物种。如果男人因为女人爱逃就沮丧消沉,那将一事无成。

而且,正因为逃了第一个就追第二个,逃了第二个再追第三个,男人才堪称雄性。

如果不愿付出这样的努力却老想着怎样装腔作势,那就连一个都抓不住。

不过,最为关键的性欲他们又该怎样满足呢?

我再次向他们了解,据说都是在自己房间里自慰解决。

既然如此,他们就未必算得上纯粹的草食系。岂止如此,简直就是欲望满满的肉食系。他们只是过度装腔作势、傲气十足,养成了貌似不近女色的毛病而已。

如此看来,应该说他们是自恋型的伪草食系。

即将消失的"媳妇"

近年来,年轻人的婚姻观似乎正在急剧变化。

而且,像东京这样的大都市比地方城乡变化更加显著。其中一个关键就是"嫁"(媳妇)这个词。

最近,"嫁"这个字自不必说,就连"媳妇"这个词都极少使用了。

实际上,以前乡下的爷爷奶奶们常常会说"俺家儿媳妇……",但如今已几乎听不到这个说法。

另外,以前还偶尔碰到有的丈夫称自己的妻子"俺媳妇",如今也已极为少见了。

如果真有谁那样说的话,恐怕有人会觉得"这真是个守旧的家伙"。

如此这般，因为很少听到这个词，所以连这个字都几乎见不到了。

虽然在婚礼等场合还能很稀罕地看到"花婿花嫁"这几个字，但近来几乎都已被"新郎新娘"代替。

因此，日本语中表示媳妇的"嫁"这个字就渐渐淡出我们的生活了。

那么，今后该怎样称呼出嫁的女性呢？其实近年来大都是直呼本人的名字。

例如，如果新媳妇名叫爱子，那就叫她"爱子女士"。如果新媳妇名叫瞳，那就叫她"瞳女士"。

不过，"嫁"这个字现如今依旧有动词的用法，例如"嫁ぐ日"（出嫁的日子）和"嫁ぎ先"（婆家）等等。

"嫁ぐ"在词典里首先是"交合"之意，这令我惊讶不已。

结婚确实意味着男女发生性关系，但我觉得没必要将此列为第一释义。

仔细审视这个"嫁"字，就会感到它确实相当古老。

因为这个字如果拆开就是"家"和"女"，具有"来到家里的女人"的形象化表意。

虽说是"儿子的媳妇",但从字面上看似乎家比儿子重要。

如此一来,年轻女性对其敬而远之也不无道理。

她们也许会说:"我虽然嫁给您儿子了,但不等于成为这个家的女人。"

实际上,因此而反感这种称呼的女性不在少数。

但是,近年来很多女性不仅避讳这个字,甚至连最为关键的"媳妇"都不愿意当了。

前不久,我见到一位女性,她丈夫是地方城乡出身,目前在东京工作。她说自己虽然嫁给他了,但并不打算将来去他的家乡居住。

如果去那里的话,那里应该还有公婆以及他的兄弟姐妹等很多亲戚,但她将来也不会移居那里。

可是,她丈夫在家里是长子,想必当初也是肩负父母的期待来东京发展。

如果这位长子不打算回乡定居的话,父母和亲戚们会怎样想呢?

为了跟儿子儿媳常在一起,不管是否心甘情愿,老家的父母也得进京,或者跟儿子儿媳同住,或者就住在附近,别无他法。

这里有一点很明确,她虽然是他的妻子,可她从结婚那天起就不打算去婆家当媳妇。

反过来从丈夫的父母家来讲,虽然儿子结了婚,却并非真正意义上的"娶媳妇进门"。

归根结底,家里依旧是没有儿媳的状态。

即使不看上述实例,现如今在地方城乡媳妇急剧减少也是不争的事实。

儿子离开家乡去了大城市,并与大城市的女性结婚不再回老家。而且,姑娘们也都去了大城市,留在地方城乡的女性越来越少。

再加上最近又出现了新问题。在地方城乡各家都还保留着祖辈的墓地,其中当然也有去大城市并结了婚的男人的位置,但据说在大城市结婚的女性都表示不愿死后也被葬在那里。

她们说不愿死后被葬在气候和水土都不熟悉的乡下墓地。如果只跟丈夫一起倒也没什么,但因为与丈夫的父母并不熟悉,所以不想跟所谓的公公婆婆同眠地下。

她们说,反正首先当然不想守着丈夫的老家,更不想守着丈夫老家的墓地。

那她们该怎样做呢?

虽然这都是将来的事情,尚未最终决定,但有一点很明确,就是继续留在大城市里。而且,她们几乎都想与自己的母亲长眠于自家的墓地。

在现实当中,能毫无顾忌地说出这话的女性,不,应该是以这种形式出嫁的女性正在增加。

如此这般,再过数十年,乡下的媳妇就消失了,乡下的房舍也都空无一人,墓地也都将变为荒冢。

究竟该怎么办呢?这确实是极为严重的问题。如果指责不守护家庭的媳妇失职倒也没错,但这似乎解决不了根本问题。

由肩痛引发的思考

最近我左肩有些痛。

人上了年纪都会这儿痛那儿痛,所以我并不惊讶。虽说如此,我左肩疼痛却十分少见。

此前一说到肩痛往往都是右侧。

因为我多年右手握笔写作,所以觉得这已是无可奈何的事情。

特别是在我的新作品签售会上,需要右手执笔写上读者和自己的名字,而且必须签名百册以上,所以即使右肩酸痛也不得不暂时忍耐。

然而,这次却是左肩疼痛。

按理说左肩本不可能疲劳过度,那么为什么会痛呢?

于是我再次仔细确认,发现痛点位于从左肩到下方二头肌根部一带。

我抬起左臂从前扭向斜后方时,就会引起抽筋般的疼痛感。

由此我终于判明:疼痛来源并非肩关节,而是臂部肌肉,原因是运动不足。

当然,发生这种情况无需去医院,也不必拍X光片。与其那样,还不如先抬起胳膊活动肩部,促进血液循环。

或许有人觉得我这样讲是好为人师的表现,但我好歹也当过医大附院的整形外科医师,这点常识当然知道。

如此这般,先慢慢抬起左肩,然后将上身缓缓向后仰。

此时上臂突然窜痛,我禁不住连声吟唤"痛痛痛……"。

我感觉胳膊好像僵硬地黏结在肩膀上。

要想消除这种僵直感,首先必须自己活动肩臂,然后在泡澡时轻轻按摩放松僵痛部位。如此这般,我连续做了三天,现已稍有好转。

我原本就属于容易发生凝肩的体质,即所谓的寒凝体质。

因此,我常常请人帮我按摩肩膀。但是,按摩师中也有技法高超与拙劣之分。

特别是在美容院,有的人技法相当高超,但有的人则彻底不行,水平参差不齐。

其中最差劲的就是把患者双肩捶得"咚咚"作响的男人。这样捶肩毫无疗效,只能痛上加痛。

过去曾有一首"妈妈,我来为你捶捶肩,噔咚、噔咚、噔咚咚"的儿歌。其实那并不正确。

当然,孩子要想为父母减轻肩臂酸痛,也许只能握拳捶打。

其实正确的方法应该是,先找到痛点,即僵凝最严重部位,然后用手指紧紧摁住。

这样按摩,就会产生陶醉般的舒适感,禁不住"啊"地发出低声吟唤。

在按摩肩部时,患者先要坐在圆凳上,应将背部完全朝向按摩师。

常常有人直接仰卧接受按摩,但这样很难准确判断关键痛点及其严重程度。

那么,人为什么会得凝肩并发生疼痛呢?

关于这一点,好像几乎所有人都认为,其原因在于从事紧张工作时间过长。

这确实也是原因之一,但凝肩并非仅仅由此产生。

实际上,在受到顽固性凝肩困扰的人中间,也有的并不工作,整天无所事事。

但为什么这样的人也会得凝肩呢?

其原因极为简单,那就是我们人类的脖子上长了个脑袋。

可能有人会说,那是很自然的事嘛!但是,从体形来讲,脖子与脑袋的关系却极为异常。

首先,每块颈椎骨相当于过去的火柴盒那么大,只是纵向排列着七块。

可是,我们观察自己的身体也能看到,就在这么细的颈椎上,支撑着大大的头颅。

由于年龄及个体差异,头颅重量会有所不同,但也都相当于体重的十分之一左右。

换句话说,在我们的颈椎上端,时时刻刻支撑着相当于出生不久的婴儿那么重的物体。

以这种结构,仅仅做出点头和鞠躬的动作,从颈部到肩部的肌肉都会承受较大负担。

人在年轻时肌肉发达、韧性十足,所以完全不必在意这种负担。但是,随着年龄增长,肩部和上臂的肌肉就会失去韧性。

可以说，这是自然发展的结果。

那么，怎样才能摆脱凝肩的困扰呢？

这很简单，就是不要在小细脖上放个大脑袋。

可是这样说来，除了取掉脑袋别无他法，那样的话，人就会立刻死掉。

谁都不想这么早就死，可肩膀又疼得难以忍受。能够拯救这种人的唯一方法，就是像小狗小猫那样用四条腿爬行。

换句话说，我们的凝肩就是脱离四条腿爬行而直立生活所带来的宿命。

"那该怎么办才好呢？"有位女性问我。

我回答说，今后只能把这当作直立生活带来的弊端，认命吧！

听到这话，她居然又问："可是，猴子也直立行走，它们怎么好好的？"

于是我回答："那是因为猴子的脑袋轻啊！"

同时我忽然想到，脸小脑袋轻的孩子也许很少肩膀痛吧。

红叶和黄叶

眼下秋叶正是美不胜收。在东京,满树的黄叶鲜艳而灿烂。

前不久,我偶然从青山通大街走进神宫外苑,只见黄叶正处于全盛期。

因为恰好时近黄昏,明亮的夕阳映照着排排银杏树,所有叶片都反射着金光。

真是优雅而又富丽堂皇。

我在这一瞬间产生了置身于黄金乡的错觉,从车里下来径直走向银杏长廊。从对面走来一对像是情侣的中年男女。

笼罩在金色的秋叶中,两人会更加情深意浓吗?等他们走过去之后,我忽然想触摸那些黄叶,就蹲下身来。

我捡起两片金色秋叶观赏片刻,情不自禁地将其夹进了记事本。

虽然它们不会变成钞票,但我还是觉得扔掉太可惜。

与这些过分鲜艳的黄叶相比,东京的红叶却略显逊色,令人遗憾。

当然,如果去皇居周围和涩谷附近的代代木公园,倒是也能遇见美丽的红叶。不过,那里只有孤零零的几棵而已。

这与漫山遍野层林燃烧般的景象相差太远。

与此相比,京都的红叶则显得更加精致和艳丽。这是为什么呢?

难道是树的种类不同吗?抑或是气候不同?

在植物学书籍中确有介绍,秋叶之所以色彩鲜艳,是因为白昼天气晴好气温上升而夜晚骤冷,这样才能使红色加深。那么,京都的昼夜温差也许正适宜红叶染色。

再加上京都周围山峦叠翠,市区各处都有神社寺院黑色的板墙和古老的塔尖。这些古朴而沉稳的建筑,也将红叶衬托得更加鲜明亮丽。

如此这般,要说"红叶看京都,黄叶看东京"也不算言过其实吧?

每当晚秋到来之际,我总会再次想起吟咏红叶和黄叶的短歌和俳句。

短歌中有"此番急出行,未及携供品。手向山枫红似锦,诚献道祖神"和"深山踏红叶,牡鹿寻伴偶。啼唤呦呦恸肺腑,怆然悲残秋",因为被收入《百人一首》诗集,所以想必为众多读者所熟知。

当然,俳句中也有吟咏红叶的名句,像"两川汇大河,更名自此美景多,丹枫映碧波"(大谷句佛)、"幽幽溪谷深,石径狭仄趋胜境,霜叶色更浓"(筱田悌二郎)、"华灯亮煌煌,红枫辉映秋水上,梦幻中徜徉"(日野草城)等佳句,读之诗中美景自然浮现于眼前。

另外,还有"抬手掩秋阳,缕缕丹霞透指掌,枫叶映红光"(大江丸)这种感官性较强的诗作。而"初老恰佳年,乐赏秋色访名山,斑斓层林染"(能村登四郎)则描绘出一幅老人登山赏秋叶的画面。

此外,三桥鹰女的"若攀此树上,仿若魔女坐红帐,丹枫映残阳"则感觉妖气特别浓重。

与红叶相比,吟咏黄叶的诗词却少之又少。不过,其中石田波乡的"几度秋风紧,枝头黄金叶落尽,腰包却已空"和永野孙柳的"好大银杏树,金叶映日铺满路,欢喜又悲楚"这些我也很喜欢。

另外还有一个词是"黄落",应该是用在橡树和柞树的叶子变黄的时候吧?其中我最喜欢的是这首:"黄叶落纷纷,凝望窗外搁听筒,悲从心底生。"(平畑静塔)

那么我也想来一首:"秋叶黄腾腾,朔风袭来落纷纷,凝伫心潮涌。"

似乎有些过于拘泥于理论。

不过,说到这个红叶,如果深入考察造化它们的内部机制,会发现那堪称一种相当精妙深奥的状态。

关于这一点,某科学杂志的解释是:"落叶树在遇到晚秋寒气时根部功能减弱,吸水功能也随之减弱,导致花色素合成并储积于叶片中。这种物质越积越多,叶片即随之变红。"

于是我再次注意到,晚秋的红叶就是由于植物随降温而衰弱,根部吸水功能减弱导致的结果。

既然如此,那就等于我们是将树叶失去活力即将凋落的状态作为"美"来欣赏。

在我们人类看来美不胜收的景象,其实是树叶本身即将死亡,即濒死的状态。人们一边观赏一边赞叹"真漂亮""太美了",我想说这未免有些残酷。不过,秋叶依然毫无怨言地描金抹红。

当我想到这些时,甚至想对浓妆重彩的红叶道声"谢谢,抱歉"。

但是,因为即使心怀同情,它们迟早也会变成枯叶飘落,所以若说无可奈何也确实如此。

尽管如此,落叶树的叶片总是在变为美丽红叶之后才消逝,这从某种意义上也可说令人羡慕。

我又想到,人类能不能学习红叶,也在消逝前展现动人的美丽呢?

人类年纪越大就只能越衰老枯槁,因此未必不可说在枯朽前终现华彩的红叶更加幸运。

晚秋寒意渐深时,万千思绪掠过我的脑际。

男人的嫉妒心

都说女人嫉妒心强,不过说实在话,男人嫉妒心也相当强。

我以前就很了解这一点,而最近又目睹这种现象,使我有了更深的认识。

此事与出版界无关,是来自其他领域的情况。

那家公司的K总最近卸任,由名叫I某的男子接替。

我以前与K总很熟,但在他卸任后这是第一次见面。

我们见面时互相寒暄:"哎呀,好久不见!"却见他身旁还站着一位六十岁左右的男子。当我转眼向他望去时,K先生赶紧介绍说:"这是我的后任,新的总经理I君。"

原来如此,就是这个人当了新的总经理啊!我再次点头致意,而他也恭恭敬敬地回了礼。

恰巧那里是只有柜台的酒吧,气氛轻松,也不是什么令人紧张的场合。可是,也许因为与前总经理在一起,新总经理I先生显得有些拘谨。

这时我问他"多大年纪",他告诉我六十一岁了。

以六十一岁的年纪当总经理不知是早还是很普遍,但既然是K先生看中的接班人,新总经理应该是个很靠谱的人吧?

但是,明确地讲,他从表面上看并不那么精明强干。相识已久的K先生本就不怎么出众,而I先生似乎还不如他呢!

那么,我虽然认为这样不太"顺理成章",但还是明白其中另有套路。

虽说这种情况并非绝对,但在确定继任总经理人选时,前任似乎大都会把职位传给比自己稍显逊色的部下。

这种所谓"逊色"指的是在经营能力和外表方面都比自己稍逊一筹。

或许有人表示反对:"怎么会呢?没有的事儿!"不过,我在这里还是愿意将此作为普遍倾向来理解。

有人会心生不安:"可是,那样的话,公司的发展岂不令人担忧?"不过,据说任命才干相对较差的人继任,前任总经理作为会长就能继续保持一定的影响力。

再加上后任相貌平平,更能衬托出前任的一表人才,同去喝酒玩乐感觉也会相当不错。

或许有很多女性对此感到惊讶,但男人确实令人意外地是一种嫉妒心很强的活物。

我前几天听某位女性讲,她绝不会参加那种丑男人当干事组织的相亲活动,理由是参加活动的男人们都比干事还丑。

如此说来,曾任"祥传社"社长的伊贺弘三良就曾专管松本清张的作品。而此人出身于东京大学,并且是个足以令所有女性回首顾盼的美少年。

当这位伊贺先生与清张先生并肩站在夜总会里时,两人的相貌真是云泥之差,所有的女招待都会聚集到伊贺先生身边。因此,据说当伊贺先生陪清张先生同去银座的夜总会之前,都要通知该店的妈妈桑提醒女招待别都围在自己身边。

这是我直接从伊贺先生那里听说的实情,所以不会有错。

嫉妒心人皆有之,其对象和强烈程度在男女之间差异相当大。

人们普遍认为女人的嫉妒心强,而且"嫉妒"二字都有"女"字旁。在爱情及相貌美丑相关方面,她们确实常常相互强烈嫉妒。例如,女人们在对某个男人展开竞争和情敌比自己漂亮时就会妒火中烧。

与其相反,男人的嫉妒心不在此时,他们会在职场竞争地位时燃起强烈的嫉妒之火。比如说A和B是同期入职,但在某个时期A得到上司的赏识和器重,提拔得非常快,那么落后的一方就会对脱颖而出的对方产生强烈的嫉妒心理。

在竞争中失败的一方当然要找机会扳回,他们并不会像女性那样表面化,而是暂先隐忍并缜密谋划报复手段。或许可以说,这种计划性和长期性能体现出男人的嫉妒心更加阴险和深沉。

虽说如此,如果像前述实例那样,在指定继任总经理时选择了能力和相貌都比自己略逊一筹的部下,那既有才干又长得帅气的干部该怎么办呢?他们只能走投无路,早早失去职位吗?

不,不会那样。据说,虽然那样的男人确实当不上总公司的经理,但仍可提前被派往分公司而得到相应的发展。

如此这般,就算总公司的业绩稍有下降,但只要分公司发展迅速,在整体上仍可保持平衡安定——这种实例并不少见。

以上都是听某企业人士所讲,如此看来,所谓"是男人就要谦虚而勇于认输"的说法确实不太靠谱。

革新从男女关系开始

据说,近年来年轻女性想当专职主妇的愿望非常强烈。

而且,这种倾向并非出现在地方城乡而是在大都市,令我深感意外。

对于这一点,根据国立社会保障和人口问题研究所在2008年实施调查的结果,在赞成"丈夫外出工作,妻子专心做家庭主妇"的女性中,四十多岁的已婚女性占比最少。而随着年龄降低则比例开始增加,二十岁以下的女性达到近五成。

好像有很多人认为,这与其说是年轻女性的保守回归现象,莫如说是一种自我防卫反应。现实中,据说即将于2011年春季毕业的女大学生求职内定率为迄今最低的55%左右,情况比男生更加严峻。

还有很多意见认为,这是因为她们看到女前辈为了兼顾工作和育儿而疲于奔命,这样的情景下,她们想当专职主妇的愿望更加强烈实属理所当然。

但是,仅仅愿望强烈就能轻易当好专职主妇吗?

据说,现在东京的很多单身女性都希望找到年收入600万日元以上的结婚对象。但是,能满足这个条件的未婚年轻男性却只有3.5%左右。

在这种情况下,求职和相亲都变得格外艰难——这是个现实问题。

女性也能走上社会参加工作,这是战后日本女性一直怀有并追求的愿望和梦想。

而且,这种梦想早已变为现实,愿望也得以实现。

从那以后,社会就已不再只是男人的天下,女人也可以上班与男人同样工作并获取薪酬。她们深信这是作为完整的人在世界上生存的第一步,并满怀信心地发愤图强。

可是,时至今日却突遭挫折,如此下去岂不等于主动放弃女前辈们不屈不挠拼争所获得的成果?

那么,曾经如此满怀希望、精神焕发地走上社会的女性为什么会大失所望呢?

当前背景下,女性确实存在着就业难的沉重负担。

但是,原因仅仅如此吗?其实还有一个问题,就是日本的工作环境中依旧存在着对女性的歧视。

现如今,通过国际婚姻居住在外国的日本女性连年增加,据说即将达到一万人。与此相对,通过国际婚姻在外国居住的日本男性则只有一千五六百人。这与女性相比少之又少。

而且,那些在外国居住的日本女性多半都在生气勃勃地工作,进而成家立业的情况也不在少数。

据她们所讲,现如今日本职场中对女性的歧视依旧根深蒂固,坚持工作很不容易。

在外国,公司在聘用女员工时也不会特意询问年龄,而是根据个人能力适当地分配工作。而且,最令人向往的是在生育之后也能得到相适的工作环境。

而与此相反,在日本企业中无论怎样优秀的女员工都很少被提拔为干部,几乎都只不过是用完就舍弃的棋子而已。总而言之,无论是企业还是社会,在诸多方面仍难以理解和适应女性参加工作。

如此这般,希望当专职主妇的愿望与其说纯属年轻女性思想倒退,莫如说是她们针对在各种企业中和社会上蔓延的以男性为中心观念的反抗。另外,也未必不可说是社会蔑视女性所导致的结果。

从今往后,即使女性工作环境得到了相当的改善,或许仍会有很多女性认为还是像过去那样当专职主妇的生活较为轻松。

不过,现如今能支持扶养专职主妇的男人已经很少。这也是不争的事实。

不仅如此,据说近来在男性中还有不少人想当专职家庭主夫。其实只要能抛弃自尊,不管是男人还是女人,比起自己去上班挣钱,确实还是让别人养着会轻松得多。

现如今,女性的相亲之所以进展不理想,就是因为男人们既无自信亦无力量挣钱养妻育儿。倒不如确保个人安稳舒适的生活,在业余时间打打电游更轻松。

那么,这种以自我为中心的男人为什么会越来越多呢?

关于这个问题,在对三十多岁未婚男性询问原因时,回答多是"结婚负担太重"。也有很多男性摇头说,要是现在结婚的话,工资几乎都得用在维持家庭生活中,还得帮妻子做家务育儿,实在难以接受。

怎样打破这种现状促使更多青年男女结婚呢?我想到了"事实婚姻"。

这在法国被称为"公民连带协约",当事人双方以协约为基础共同生活。如今这种婚姻与传统婚姻的比例已增加到了一比二。

当然,这种情况大都有律师介入,同时并没有传统婚姻中妻随夫姓的做法。

总而言之,将此视为同居的进化模式更易于理解。如果采用这种模式,男女双方能更轻松地共同生活。而如果过不下去也可以分手。

关于这种"事实婚姻",我会另写文章专门详细说明。总之,要想改变不婚主义和少子化,有必要从最基本的男女关系开始革新。

后记

这部随笔集汇编了从平成 21 年(2009)6 月到平成 23 年(2011)1 月在《周刊新潮》上刊载的文章。

前后大约经过一年半时间,读者可以从文章内容中了解到其间的社会动向和我自己的心态。

如果读者也能在阅读本书的同时回顾这一年半并加深对未来的思考,我将不胜荣幸。

作者